Eye Tea

Beobachten und Tee trinken im IT-Management

Satire-Kolumnen

Bibliografische Information der Deutschen Nationalbibliothek: Die Deutsche Nationalbibliothek
verzeichnet diese Publikation in der Deutschen
Nationalbibliografie; detaillierte bibliografische
Daten sind im Internet über dnb.dnb.de abrufbar

© 2016 Christoph Lüder

Herstellung und Verlag:

BoD – Books on Demand, Norderstedt

ISBN: 9783837090123

Für Claudia, Carolin und Louis

Vorwort

Der Großteil der hier in Buchform erschienenen Texte wurden in den Jahren 2013 bis 2015 in der Zeitschrift *manage IT* im Rahmen meiner Satire-Kolumne erstmals veröffentlicht. Inspiriert wurden sie aus dem täglichen Leben im IT-Management, als Verarbeitung der Geschehnisse und Verwirrungen, die einen manchmal daran zweifeln ließen, gerade im IT-Management unterwegs zu sein – man wähnte sich eher im Australischen Busch, im Dschungel-Camp, bei den Dschungel-Prüfungen.

Der erste Artikel, „Neues aus EDVaudistan" gehört nicht zur Reihe der Kolumnen. Es ist die Einleitung aus einem Artikel über Wertschöpfung in der IT, den ich 2011 gemeinsam mit Hannes Fuchs geschrieben habe und der ebenfalls in der *manage IT* veröffentlicht wurde.

Der letzte Text in dieser Sammlung wurde bisher nicht gedruckt und ist auch nicht online erschienen – er war zwar druckfertig, aber wurde aufgrund von eines Widerspruchs aus der Geschäftsleitung nicht veröffentlicht, der Bezug zu einem Kunden und die köpfenden Dschihadisten waren für eine Veröffentlichung zu unheimlich. Satire darf zwar alles, aber der Satiriker nicht.

Die Sammlung ist aber nur mit dem besagten Text komplett, denn es ist ein schöner Abschluss und meiner Meinung auch ein Höhepunkt der Reihe. Der fein dschihadistische Todesstoß für diesen Artikel war denn auch ein Anstoß für mich, vorerst keine weitere Satire-Kolumne zu schreiben (diese wird nun von einem Kollegen fortgeführt). Damit ist dieses Buch ein in sich abgeschlossenes Werk ohne Anspruch auf Fortsetzung.

Alle Kolumnen wurden behutsam redigiert und immer dort, wo es mir notwendig erschien, aktualisiert, ergänzt und verbessert. Die Kolumnen wurden in diesem Buch nicht in ihre chronologische Folge des Erscheinens geordnet, sondern eher zufällig angeordnet. Eine Ausnahme bildet die „Mutter aller Kolumnen" für die Eröffnung des bunten Reigens sowie die erwähnte unveröffentlichte letzte Kolumne als Abschluss.

Mein Dank gilt an erster Stelle Herrn Hannes Fuchs, mit dem das Abenteuer Satire begann, wir hatten viel Spaß beim Verfassen des Artikels. Ebenso bin ich Herrn Marcus Schwertz zu Dank verpflichtet, der meine fertigen Vorlagen vor Veröffentlichung oftmals noch trefflich ergänzte oder schärfte.

Ich möchte mich insbesondere bei Frau Katrin Wahl für ihre Mühen bei der Durchsicht der Texte bedanken und natürlich bei Herrn Philipp Schiede vom ap Verlag, der die Texte in der initialen Version veröffentlicht hat. Das Magazin *manage IT* aus dem ap Verlag ist meines Erachtens die weltbeste Fachzeitschrift für IT-Manager – auch ohne mein Zutun.

Schließlich bin ich Frau Claudia Draber zu Dank verpflichtet, die sich erbarmt hat, nochmals alle Texte Korrektur zu lesen (auch wenn sie es bei Schreiben des Vorworts noch nicht wusste). Leider warte ich immer noch auf die Rückgabe der Korrekturfahne...

Besonderer Dank gebührt abschließend und selbstverständlich den unermüdlichen Mitarbeitern der IT-Dienstleister, die anders als in meinen Geschichten tagtäglich unter Einsatz ihres Lebens wundervolle Höchstleistungen für ihre Kunden erbringen. Machen Sie weiter so und erwarten Sie kein Lob, denn: Nicht geschimpft ist Lob genug!

Burgdorf, im März 2016

Christoph Lüder

Neues aus EDVaudistan

Anmerkung: Die „Mutter aller Kolumnen" erschien im Herbst 2011, ein gemeinsam mit Hannes Fuchs geschriebener Artikel, dessen satirischer Anteil hier als „Bonus" noch einmal aufgelegt wird

Seit den Gründungstagen der IT-Abteilungen werden in vielen Unternehmen die „Freaks mit den Computern" eher als Fremdkörper denn als wertschöpfender Bestandteil des Arbeitgebers wahrgenommen. Mitarbeiter der Fachabteilungen zeigen allergische Reaktionen allein bei Telefonaten mit den Kollegen in der IT, noch schlimmer sieht es dann bei direktem Kontakt aus. Seit Jahren fragen sich Unternehmenslenker, IT-Leiter und auf Heilung spezialisierte IT-Management-Berater: Wie können die Antikörper im Unternehmenskreislauf eliminiert und damit die IT als wertschöpfender Bestandteil der Unternehmung erkannt werden? Ideen dazu gibt folgendes Märchen, welches uns aus dem fortschrittlichen EDVaudistan überliefert wurde.

Es war einmal vor langer Zeit im Kellergewölbe eines Unternehmens. Die Telefonanlage klackerte gemächlich vor sich hin und durch die Flure schlichen fernab von den sonnigen Großraumbüros bleiche Gestalten mit ausgeprägten Vollbärten, die wir heute nur noch von Zauberern und Piraten aus dem Kino kennen. Und Zauberer waren sie auch, diese bleichen Bartträger in ihren Cordhosen. Sie arbeiteten an großen Gerätschaften, deren Stromkosten auf dem Niveau einer mittelgroßen Kleinstadt den Controllern Schweißperlen auf die hohe Stirn treten ließen und in die noch nie ein nicht dem Zirkel der Bartträger Zugehöriger einen Blick hat werfen dürfen. Mit obskuren hexadezimalen Ritualen wurden die Unternehmensanforderungen in Rekordzeiten von unter einem Jahr zu großen Teilen, ja nahezu vollständig umgesetzt. Natürlich auch höchst speichereffizient – denn wer brauchte damals schon vierstellige Jahreszahlen.

Schließlich wurde es doch aufgrund einer neuen Mode unerlässlich, dass die EDVler (so wurden die bärtigen Zauberer nun genannt) ihre Keller verlassen mussten. Controller und Sekretärinnen hatten plötzlich einen Personal Computer, Drucker und sogar Disketten zum Speichern. Später wurden diese PCs sogar untereinander und mit den großen Gerätschaften im Keller vernetzt. Der Heilige Gral wurde an die Ungläubigen weitergegeben und der Layer-7-Fehler wurde geboren. Leider hatten die Geschäftsführer wenig Mitleid mit den entwurzelten Administratoren, die alsbald durch den schnöden User-Support ihrer hohen Stellung und Würde beraubt wurden. Sie bestanden darauf, dass ihre visionären Strategien fortan durch die EDV unterstützt werden müssten, und das bitte zeitnah. Den armen überforderten Administratoren, die sich aber auch weiterhin den Naturgesetzen beugen mussten, insbesondere der Massenträgheit, brachte das bald den Ruf als Geschäftsverhinderer ein.

Glücklicherweise kam ein pfiffiger Berater schnell auf eine Lösung, die die armen Industriekapitäne entlastete und gleichzeitig den Controllern ein Glänzen in den Augen bescherte: das Outsourcing. Fortan wurden die Streithähne getrennt und die Administratoren bekamen nun ein neues artgerechtes Biotop. Aber leider verschärfte dieses Vorgehen die ganze Situation nur. Von den ehemaligen Kollegen, die jetzt zu Geschäftspartnern geworden waren, hieß es mehr denn je: „Wer kostet viel und leistet nichts? Die EDV!". Und da sich beide Seiten mehr und mehr unverstanden fühlten, sich weiter stritten und immer versuchten, die Schuld für irgendwelche Probleme auf der anderen Seite zu finden, wurden Wege gesucht, die Behandlung weiterzuführen.

Es kamen Experten, Heiler und Seher aus aller Welt, sahen sich die Symptome an und versuchten sich an den Lösungen. Sie entwickelten sogar ganz neue

Geschäftsmodelle für die IT, beispielsweise den so genannten Electronic Commerce. Leider war die Welt noch nicht so visionär, wie die Seher dies prophezeiten. Daher platzte am Anfang des Jahrtausends eine riesige Blase. Schuld daran waren selbstverständlich nicht die Experten, sondern wieder einmal die Administratoren in ihrem Biotop. Die Industriekapitäne der Old Economy, die zuvor als Dinosaurier verspottet worden waren, rächten sich fürchterlich. Die Reservate wurden verkleinert und weitere Heerscharen von Controllern wurden zu Aufsehern über die art- und kostengerechte Haltung der Informationstechniker bestellt. Und wenn die Administratoren nicht gestorben sind, dann leben sie noch heute in ihren Biotopen, haben keinen Kontakt zu ihren „Kunden" und werden ab und zu einmal von den Controllern, wenn diese einen besonders guten Tag erwischt haben, mit neuer Technik versorgt.

Zweimal drei macht vier

Wenn zwei sich in der gleichen Sprache unterhalten, dann ist es schön, wenn die Gesprächspartner bei Nennung eines Begriffs sofort ein Bild vor Augen haben und dieses dazu im besten Fall auch noch Deckungsgleich ist. Wenn also der Ausdruck „Lokführerstreik" fällt, dann haben die Gesprächspartner in 99 Prozent der Fälle das gleiche Bild vor Augen (Stillstand, Schnauzbartträger, Selbstdarstellung, unverständliche Ziele des Streiks)[1], es sei denn, mindestens ein Gesprächsteilnehmer ist ein gewerkschaftlich organisierter Lokführer. Es kann aber trotzdem von einer standardisierten Bedeutung des Worts ausgegangen werden – die Population der Lokführer stellt keine signifikante Minderheit dar. Schwieriger wird es, wenn – wie in diesem Buch im Kapitel „Ju kenn schpiek Jörmenn wiss mi!" thematisiert – englische Begriffe oder solche, die für solche gehalten werden (vgl. bspw. *Beamer*, das ist die deutsche Übersetzung für *projector)*, verwendet werden. Aber in der IT ist Englisch nun einmal Pflichtsprache und somit allgemein verständlich – zumindest sollte man davon ausgehen. Wenn also der Begriff „Smartphone" fällt, hat vermutlich

---

[1] So zumindest im Jahr 2015

auch jeder nicht unmittelbar in der EDV beschäftigte Mensch in etwa die gleiche Vorstellung, was das für ein Telefon ist, unabhängig vom Hersteller des Gerätes.

Dem IT-Manager begegnen im Laufe seines Berufslebens eine Menge Begriffe, die in der IT-Welt ein de-facto-Standard geworden sind. Eigentlich sollte damit alles klar sein. Eigentlich. Die Realität ist aber in vielen Fällen der Phantasie des Satirikers einen Schritt voraus. Deshalb sind die nachstehenden Beispiele alle wahr und aus dem wirklichen Leben gegriffen, großartige Meisterleistungen von Dienstleistern, die diese Meisterleistung dem Kunden anbieten. Ganz großes IT-Manager-Ehrenwort, ehrlich!

Als erstes Beispiel mag der Begriff „Housing" dienen. In der IT-Sprache bezeichnet der Begriff üblicherweise die Unterbringung und Netzanbindung von IT-Infrastruktur-Komponenten im Rechenzentrum des Anbieters. Soweit die graue Theorie und in Deutschland in Kunde-Dienstleister-Verhältnissen tausendfach gelebte Praxis. Es gibt allerdings auch auf dem deutschen Markt mindestens einen Dienstleister, der dieses für sich (und damit auch für seine Kunden) vollkommen anders interpretiert. Der Weg zur Interpretation lässt sich vielleicht wie folgt nachvollziehen: Housing klingt ja so ähnlich wie „hausen". Das klingt aber schon gefährlich negativ – sind die Leute, die das wollen, nicht vergleichbar mit Hausbesetzern? Dann sollten diese gleich abgeschreckt werden. Die Abschreckung funktioniert in Form dessen, dass im Beispiel im Housing nichts enthalten ist, außer dem Dach über dem Blech der IT-Infrastruktur. Kein Rack, kein Netzwerkanschluss, kein Strom. Fertig ist die Housing-Definition aus Sicht des Hauses und Hausens.

Das Ganze treibt das Marketing des besagten Unternehmens dann auf die Spitze. Statt eines ehrlichen „Kommen Sie mir ja nicht ins Haus mit dem Housing" gibt es – welch glorreiche Idee – einen Vergleich des Rechenzentrums mit einem Hotel. Und wer öfter einmal in deutschen Landen in Hotels absteigt, der wird eventuell auch in den besseren Hotels die leidvolle Erfahrung gemacht haben, dass der Netzwerkzugriff nicht unbedingt im Preis enthalten ist. WLAN für 24 Stunden im Sonderangebot, es kostet nur die Hälfte der Übernachtungsrate ohne Frühstück für das Hotelzimmer. Wer greift da nicht gerne zu? Und was in Hotels klappt, das klappt ganz bestimmt auch im Rechenzentrum. Hier könnten die Hotels jedoch noch lernen. Zimmerpreis ist Zimmerpreis – hat irgendjemand etwas von einem Bett gesagt? Gerne, gegen Aufpreis gibt es auch ein Bett. Also Vorsicht beim Housing –

besser den Dienstleister vorher fragen, was dieser als Housing anbietet: Rechenzentrum oder Hotel. Und was sagt Dr. House dazu? „Ich frag nur aus Neugier. Welches Wort hatten Sie nicht verstanden?"

Ein zweites Beispiel ist ein „Bestell-Portal". Zugegeben, die Welt ist verwöhnt durch viele Händlerportale vom Schlage eines ehemaligen Internet-Buchhändlers, der heute vermutlich alles verkauft, was sich durch griechische Schutzgötter und deren Kollegen zum Kunden transportieren lässt. Ein ausgeklügeltes System warnt außerdem den Kunden davor, den Einkauf nur auf das nötigste zu beschränken. Wenn also jemand nicht an alles denkt – der Vorschlag, was andere Kunden in gleicher Situation „richtiger" im Bestellprozess gemacht haben, ist sofort eingeblendet. Der Schweden-Krimi liegt im Warenkorb, also bitte noch an die Kreissäge und die Abdeckplane denken. Der Idealtyp eines Bestell-Portals ist damit gut beschrieben und jeder findet sich darin gut zurecht, die jetzige Windelgeneration wird damit groß und wird in einigen Jahren – wenn sie schreiben und lesen gelernt haben – mit großen Augen fragen, was denn um Himmels Willen der Unterschied zwischen einem Ladengeschäft und einem Museum ist. Und vermutlich wird sie dort auch keine Bücher mehr bestellen, jedenfalls nicht die aus Opas Zeiten, gedruckt auf Papier.

In heutigen Verträgen mit IT-Dienstleistern finden sich denn auch viele Standard-Komponenten, die wunderbar in einem Bestell-Portal abbildbar sind und mit einem Klick bestellt, provisioniert und dann natürlich auch abgerechnet werden könnten. Auch mit IT-Gütern wie virtuellen Servern macht dies der besagte Buchhändler vor. In dieser Causa ist ein Nachfragen beim Dienstleister ebenfalls ratsam. Denn Bestell-Portal ist nicht gleich Bestell-Portal und im Zweifelsfall lässt sich ja gutes Geld verdienen, wenn der Kunde einen Standard-Produktkatalog integriert haben möchte. Als Antwort bekommt der verdutzte Kunde den Hinweis, dass dies nun wirklich nicht dem Standard eines Bestell-Portals entspräche, wenn hier auch noch zusammen definierte Produkte, einfach bestellbar mit Mengemal-Preis-Logik, auftauchen würden. Um eine Assoziation zum angebotenen Standard dieses innovativen Dienstleisters zu bekommen, muss man sich schon zu den Anfängen der breiten kommerziellen Nutzung des Internets in den Neunzigern des letzten Jahrtausends zurückbegeben: mit einfachsten HTML-Code ließ sich eine Gästebuch-Funktion erstellen, wo die anfangs noch raren Besucher einer Webseite ihre Freitext-Kommentare hinterlassen konnten. Vor zwanzig Jahren richtiges „High-

Tech" und heute? Einfach peinlich. Oder ist ein Bestell-Portal vielleicht noch Neuland in manchen Teilen der Republik?

Es lohnt sich also der doppelte und dreifache Blick auf die Begriffe, denn Kunde und Dienstleister sprechen nicht immer die gleiche Sprache. Und mancher Dienstleister hält es mit Pippi Langstrumpf:

„Zwei mal drei macht vier,
widewidewitt und drei macht neune,
ich mach mir die Welt,
widewide wie sie mir gefällt."[2]

---

[2] Lindgren, A.: Hej, Pippi Langstrumpf! – Das große Astrid-Lindgren-Liederbuch; Hamburg, 2007; S. 6

Jedem Anfang wohnt ein Ende inne

Das Grauen hat einen Namen: Transition und Transformation – oder, da die IT-Industrie ja so wunderbare Abkürzen liebt, die dem Rest der Welt immer so weitläufig erklärt werden müssen (gerne auf Basis von Zeit & Material), dass ein Ausschreiben eine Unmenge an Lebensenergie und Zeit gespart hätte, T&T. Bewusst wurde wahrscheinlich die Nutzung des Et-Zeichens zwischen den beiden T's entschieden, denn ansonsten hieße die Abkürzung ja TuT. Ein Schelm, wer dabei an kleinkindliche Ausrufe denkt, wenn die Lenker eines Bobbycars über den Dielenboden rasen. Nein, „TuT" hätte allein phonetisch schon eine zu geringe Distanz zu „Tod" – und tausend Tode sind vermutlich das, was den IT-Manager während einer durchschnittlichen und handelsüblichen Transition und Transformation erwarten. Ein Wort noch zum „&" – kaum jemand aus der IT wird dieses Zeichen übrigens wie oben erwähnt „Et-Zeichen" nennen, denn der Gegenüber würde darunter dann mit einer Wahrscheinlichkeit von 99,9 Prozent „@" verstehen. Und das ergäbe dann wiederum T@T und sieht wiederum viel zu sehr aus nach… Aber genug der Assoziationen, hier geht es um IT, nicht um Psychologie.

In der frühen Geschichte sind Transitionen und Transformationen sehr positiv besetzt gewesen, ging es doch seit jeher darum, aus dem Status quo heraus in eine bessere Welt zu gelangen. So berichtet Johannes in der Bibel von einer gelungenen Transformation, als Jesus den Dienern befahl, steinerne Wasserkrüge mit Wasser zu füllen und diese dann in so guten Wein transformierte, dass der Speisemeister vor Begeisterung sogar den Bräutigam vorhielt, den besten Wein erst am Ende des Festes auszuschenken (Joh. 2, 5 – 10). Nun, Jesus war kein IT-Dienstleister, aber er hat mit Standard-Komponenten einen hochwertigen Service zusammengestellt (die Bibel spricht ja in der Luther-Übersetzung von einem Zeichen, nicht einmal einem Wunder). Auch wenn manche IT-Dienstleister heute nur Wunder versprechen, aber keine Wunder vollbringen: Zeichen sollten sie mit einer Transition und Transformation allemal setzen können. Gemeint ist die Zeichensetzung im positiven Sinne, gesetzt werden hingegen aber in der Wahrnehmung der zahlenden Kundschaft nur negative Zeichen. Dies ist so, als ob Jesus den teuren Wein zu Wasser verwandelt hätte – aber das wäre in der Bibel dann sicherlich nicht erwähnt, sondern mit dem Mantel der Liebe zugedeckt worden.

Warum aber begeben sich Jahr für Jahr etliche IT-Manager in das Tal der Tränen (merke: T&T könnte also auch „Tal und Tränen" bedeuten)? Die Erklärung ist ganz einfach. Die Propheten von heute haben sich Titel gegeben wie Pre-Sales-Representatives oder Key Account Manager, tragen nicht mehr Toga und Sandalen, sondern blaue oder anmutig hellpurpurne Krawatten und versprechen ihren Jüngern, nein Entschuldigung, natürlich potenziellen Kunden, sie auf grüne Auen zu führen, wo Milch und Honig fließt und das Leid der Anwender in Friede, Freude und Eierkuchen verwandelt wird — quasi vollautomatisch und im Preis inbegriffen. Das Paradies von heute ist nicht voller Jungfrauen, die den Märtyrer in freudiger Erwartung willkommen heißen, sondern findet sich in so profanen Städten wie Frankfurt oder München, heißt Rechenzentrum der Zukunft (natürlich konform zu allen Energie-Richtlinien der Welt, es sind ja grüne Auen) und Milch und Honig sind sowieso ja nur virtuell zu verstehen — Daten sind für den IT-Manager ja Milch und Honig des 21. Jahrhunderts. Zur Ehrenrettung sei zu sagen: ja, diese Propheten von heute, die erklären dann auch, dass das Paradies nur über eine breite, gut asphaltierte Straße zu erreichen ist, auf denen geschulte Führer bereitstehen, um den müden, durstigen Wanderer an die Hand zu nehmen, damit er das Paradies sicher und wohlbehalten erreicht. Natürlich ist dieser Service nicht kostenlos —

aber das erwartet schließlich auch niemand. Bereitwillig folgt der IT-Manager dieser Vision hin zum Paradies, schlägt ein, bestellt und hastet los, hin zum besseren Leben.

Mit Abschluss des Vertrags verschwindet dann der Prophet auf einmal, aber der Kunde ist (zum Glück?) nicht allein. Sofort stehen weitere Lichtgestalten bereit, erkennbar an der gleichen Krawattenfarbe, und nehmen den IT-Manager an die Hand. Zunächst einmal wird all das beiseite gewischt, was der Pre-Sales-Prophet gesagt hat. Propheten haben eben keine Ahnung vom richtigen Leben, sondern nur vom Jenseits, vom Paradies eben. Erste Irritationen machen sich im IT-Management breit – ist man etwa einer Fata Morgana gefolgt? Nein – beschwichtigen die Lichtgestalten, die geschulten Führer. Aber um richtig zu transformieren, muss der Kunde erst einmal transpirieren. Es gilt nun, Fragebögen mit tausend Seiten auszufüllen, denn je besser man den Kunden kennt, desto besser weiß man, wo noch Zusatzprojekte verkauft werden können… nein, Stopp, schon wieder falsch! Neuer Versuch: desto besser weiß man, wo der Kunde noch nicht tauglich genug für das Paradies ist und wo gegebenenfalls das Paradies auch den Kundenanforderungen angepasst werden muss. Das ist natürlich kostenpflichtig, nur das Standard-Paradies (das mit den Jungfrauen für die Märtyrer) kostet nichts weiter als das Leben. Und selbst darüber liegen keine gesicherten Berichte vor.

Doch nun ist es zu spät. Statt auf der asphaltierten Straße steckt der IT-Manager im hastig mit einer viel zu kleinen Schaufel gegrabenen Tunnel fest. Der ist zwar nicht ganz dunkel (die Wände leuchten auch hier optional und bezahlt in den Farben der Krawatten der Lichtgestalten), angenehm ist die Situation aber trotzdem nicht. Denn der Tunnel ist eng, eine Umkehr fast unmöglich. Also heißt es in den meisten Fällen „Augen zu und durch", selbst wenn es manchmal den Anschein hat, dass selbst der abgeschlossene Vertrag nicht das Papier wert ist, auf dem er gedruckt wurde. Aber so schmal, so lang der Tunnel auch sein mag, wohin er auch immer führen wird, so es nicht das verheißene Paradies sein sollte (das im Übrigen höchst selten erreicht wird): irgendwann erspäht der IT-Manager wieder das volle Tageslicht.

Darum: Auf zum Licht am Ende des TuTunnels, denn in Anlehnung an Hermann Hesse wohnt jedem Anfang eine Ende inne.

Zwischen Lethargie und Phlegma – Aktives Management real existierender Vertragsbeziehungen

Wahrscheinlich jeder IT-Manager kennt das Phänomen: Wenn auch nur die kleinste Nachricht bezüglich einer in naher oder auch ferner Zukunft anstehenden Vergabe eines Auftrags insbesondere für hochwertige IT-Dienstleistungen ansteht, verhalten sich die Vertriebsmitarbeiter sowohl der in Frage kommenden Dienstleister als auch die der nicht in Frage kommenden Dienstleister teilweise lästig wie die Klosett-Fliegen. Über alle verfügbaren Kanäle wird Lobbyarbeit betrieben, um den Auftrag zu ergattern. Ein „Nein, danke, wir brauchen Ihre Lösung nicht" wird erst verstanden, wenn es mindestens von 50 verschiedenen Mitarbeitern auf fünf unterschiedlichen Management-Hierarchie-Ebenen übermittelt wurde.

Irgendein Naturgesetz in der IT scheint allerdings zu besagen, dass das Werben und Kümmern um den Kunden in mindestens 99% der Dienstleistungsbeziehungen im ersten Monat nach dem Vertragsabschluss nahezu komplett eingestellt wird, um es erst wieder kurz vor einer möglicherweise anstehenden Verlängerung oder angedeuteten Neuvergabe wieder aufzunehmen. Auch wenn nach der

Lektüre des vorstehenden Satzes sich 100% der Vertriebsmitarbeiter von IT-Dienstleistern wohlwollend selbst auf die Schultern klopfen werden und zu sich selbst sagen: „Bravo, ich habe es ja schon immer gewusst, dass ich nicht so lethargisch bin wie meine Kollegen vom Wettbewerb!" – die Sicht der Kunden ist eine andere. Der Jäger muss dem Vernehmen nach in vielen Fällen zur Jagd getragen werden, anscheinend kann man sich auch von den Früchten des bereits bestellten Feldes vortrefflich ernähren und für den gleichbleibenden Ertrag muss über Jahre kein Finger zu viel gerührt werden. Obwohl – der Begriff „Jäger" ist hier vielleicht falsch am Platz für diese Art von Vertragsmanagement, wenn man der Einteilung von Gunter Dueck in seinem großartigem Werk „E-Man" folgt. Dann wäre der richtige Begriff der des „Bauern" und damit wären wir wieder bei dem oben gezeigten Bild der Erträge vom Feld. Oder um Dueck jetzt auch korrekt zu zitieren: „Sie [Die Bauern; Anm. des Verfassers] entscheiden gerne und halten sich an die Entscheidungen. Nach einer Entscheidung nehmen sie neue Informationen unter Umständen gar nicht mehr wahr."[3]

---

[3] G. Dueck: E-Man. Berlin, Heidelberg, New York. 2. Aufl. 2002, S. 25

Diese Nichtwahrnehmung von neuen Informationen oder Kundenwünschen könnte auch als Lethargie oder Phlegma verstanden werden – warum etwas von sich aus ändern, was sich in den letzten zwei Jahren als bewährt bewiesen hat? Damit bleibt es dem Kunden überlassen, den Markt im Auge zu behalten und den Vertrag aktiv zu managen und die Leistungserbringung auf dem Stand des Wettbewerbs einzufordern. Für den inaktiven Vertragsmanager des Dienstleisters hat das selbstverständlich auch Vorteile, denn auf diese Weise werden Änderungswünsche jeweils vom Kunden vorgetragen und sind in der Regel für den Kunden kostenpflichtig. Manchmal entsteht gar der Eindruck, dass Kunden auch für nicht mehr zu vermeidende technologische Verbesserungen auf Seiten des Dienstleisters zur Kasse gebeten werden. Erst wird die technische und bereits abgeschriebene Infrastruktur so lange genutzt, bis es gar nicht anders mehr geht, dann wird dem Kunden, der technologischen Fortschritt einfordert, ein Migrationsprojekt in Rechnung gestellt. Vielleicht ist das ein Geschäftsmodell für andere Wirtschaftszweige – dann erheben in Zukunft Taxifahrer einen Zuschlag, wenn der Fahrgast gerne ein Fahrzeug mit Rußpartikelfilter, Abschalt-Software oder Navigationsgerät nutzen möchte.

In vielen Verträgen werden in letzter Zeit Klauseln eingefügt, um der beschriebenen Lethargie und dem Phlegma entgegenzuwirken, sei es die Festschreibung der Beachtung des technologischen Fortschritts als auch die Einforderung konkreter Beratungstermine zu den angeforderten Dienstleistungen. Aber auch hier sind erste Vermeidungsstrategien der „Bauern" erkennbar. So gibt es beispielsweise lapidare Erklärungen, der technologische Fortschritt sei schon im vorauseilenden Gehorsam durch die nachgelagerten Einheiten, welche die Leistungen erbringen, geprüft worden, aber leider, leider in der konkreten Kundensituation nicht anwendbar. Ebenso erkennbar darauf ist die Lethargie des Kunden, diese Erklärung einfach so hinzunehmen. Oder ist das schon Resignation?

Virtueller Service für physische Sachleister

Trends, Trends, Trends – welcher IT-Manager muss ihnen nicht hinterherhecheln und –hechten, angetrieben von eigenen Nutzern, externen Kunden, dem Management und den Lieferanten. Die Namen ändern sich, der Inhalt bleibt gleich. Wurde in den Wirtschaftswunderjahren zwischen Eigenfertigung und Fremdbezug entschieden, so hieß die Wahlmöglichkeit in den späteren Jahren zumindest auf dem Gebiet der alten Bundesrepublik dann „Make or Buy". Und selbst wenn es jemand Pest und Cholera genannt hätte: es wäre wahrscheinlich auch unter dieser Bezeichnung von der begierigen Schar, die nach neuen Namen lechzt, angenommen worden. Schließlich stabilisierte sich der Begriff des Sourcing mit den Spielarten des In-, Out- und Right-Sourcing. Auf der Strecke blieben Intermediate-Sourcing (da wurde dann eher Outtasking als Begriff geprägt) und das Left-Sourcing (es scheint nur den rechten Weg zu geben). Derart festgerüttelt mussten andere Bereiche her, um alten Wein in neue Schläuche zu gießen und tatsächlich wurde die Branche fündig.

„Als die Virtualisierungs-Dienste eines Morgens aus unruhigen Träumen erwachten, fanden sie sich auf ihrer Hardware zu einem ungeheueren Ungeziefer verwandelt. Sie lagen auf ihren panzerartig harten Rücken und sahen, wenn sie den Kopf ein wenig hoben, ihren gewölbten, wolkigen, von bogenförmigen Versteifungen geteilten Hypervisor, auf dessen Höhe sich die Applikationen, zum gänzlichen Niedergleiten bereit, kaum noch erhalten konnte. Ihre vielen, im Vergleich zum sonstigen Umfang kläglich dünnen Netzwerkkabel flimmerten ihnen hilflos vor den Augen."[4] Das Cloud-Computing war spektakulär in die Niederungen der Rechenzentren getreten, um die Welt zu verändern, auch wenn die Welt es nicht immer verstehen würde. Der bei zum Zeitpunkt der Schöpfung dieses Textes designierte und trotz oder wegen seiner offen zur Schau getragenen Unkenntnis danach inthronisierte EU Kommissar für „Digital Economy & Society" ist hierfür ein gutes Beispiel, als ihm mit Blick auf aus Cloud-Services gestohlenen und hernach veröffentlichten Bildern entfuhr: „Wenn jemand so blöd ist und als Promi ein Nacktfoto von sich selbst macht und ins Netz stellt, hat er doch nicht von uns zu erwarten, dass wir ihn schützen. Vor Dummheit kann man die Menschen nur eingeschränkt bewahren."[5] Mit

---

[4] In Anlehnung an Kafka, F.: Die Verwandlung, Leipzig 1916
[5] Oettinger, G., zitiert nach Stöcker, Ch.: Günther Oettingers Netzkompetenz: Der Digitalkommissar und die Dummheit,

Blick auf die EU-Kommission bleibt (auch Stand März 2016) zu hoffen, dass die EU-Kommissarin Violeta Bulc nicht vom Kollegen Oettinger lernt und der Meinung ist, dass „wenn jemand so blöd ist und als Bahnkunde einen Koffer bei einem längeren Aufenthalt in einer Stadt, z. B. aufgrund eines von einem Dresdner Schnauzbartträgers angezettelten Bahnstreiks, ins Schließfach stellt, hat er doch nicht von uns zu erwarten, dass wir ihn schützen, wenn das Fach aufgebrochen und der Inhalt gestohlen wird. Vor Dummheit kann man die Menschen nur eingeschränkt bewahren."

Doch zurück zum IT-Management, das gottgegeben selbstverständlich mehr Verständnis für Cloud-Computing hat als nach Brüssel abgeschobene Politiker, die in ihren Heimatländern nicht mehr gebraucht werden. Die Herausforderung ist, dieses Verständnis dem oben genannten Personenkreis ebenfalls zu vermitteln und zu zeigen, dass nicht jede Wolke böse ist, aber auch warnend den Finger zu heben, wenn die Bequemlichkeit über den Verstand zu siegen droht. Deshalb der Zug auf „Los" - was ist eigentlich „neu" an Cloud-Computing, außer dass bestehende Technologien (Grid-Compu-

---

ting, Virtualisierung, zentrale Steuerungsmechanismen) zusammengefasst wurden und einen neuen Namen bekommen hat? Eigentlich ist nichts neu, außer dass ein Name gefunden wurde, der weltweit besser vermarktbar ist und Heerscharen von Menschen Arbeit beschert, um den anderen erklären zu können, was daran alles anders ist. Und beim Namen wurde dann bezeichnenderweise ein Bild gewählt, welches in der IT bis dato ausdrücken sollte, dass der Verwender eigentlich gar keine Ahnung davon hat, was im Inneren eines Gebildes (also der Wolke) vor sich geht (oder etwas gutwilliger formuliert: der Verwender musste vielleicht auch keine Ahnung davon haben).

Anbieter und Verwender von Cloud-Diensten scheinen sich ebenfalls noch immer nicht einig zu sein, was überhaupt die Cloud sein sollte, auch wenn sich verschiedene Szenarien herausbilden, von der Private Cloud über die Hybrid Cloud bis zur Public Cloud. Ein Nutzer, der einen Public Cloud Service nutzen möchte, sollte zwar insbesondere über Risiken, vor allem mit Blick auf Datensicherheit und Datenschutz, aufgeklärt sein, der Anbieter selber sollte sich aber nicht die Oettinger'sche Auslegung zu Eigen machen, dass Daten, die in die Public Cloud gegeben werden, damit quasi „vogelfrei" sind, auch wenn Marktführer wie Facebook es immer wieder über Änderungen in den Geschäftsbedingungen versuchen, die Rechte der Nutzer am eigenen Werk zu beschneiden und/oder auszuhöhlen. Anders gesagt: „Public" sollte in diesem Zusammenhang lediglich bedeuten, dass – um hier noch einmal das Bahnbeispiel zu bemühen – eine Art „Beförderungspflicht" analog § 10 AEG besteht – sprich: wer zahlt und sich nicht vertragswidrig verhält, bekommt sein Wolkenstück. Genauso wenig, wie das Eigentum an mitgeführten Gegenständen mit Nutzung des Zuges auf die Bahngesellschaft übergeht und den Mitreisenden ein Nutzungsrecht eingeräumt wird, gilt dies für die Daten im Cloud-Computing. Gänzlich verhindern kann man es letztlich in keinem der beiden Vergleichsobjekte – schon mancher Mitreisende fand Gefallen am Eigentum eines gerade abgelenkten Bahnkunden. Sicherer wäre die Fahrt im eigenen PKW, aber wie auch analog in der Private Cloud ist hier das Diebstahlsrisiko nur kleiner, aber nicht gänzlich eliminiert.

Selbst auf der Qualitätsebene scheiden sich die Geister: Zuverlässigkeit und Ausfalltoleranz sind zum Beispiel Attribute, die mit seitens der Nutzer mit Cloud-Computing in Verbindung gebracht werden. Viele Anbieter sehen das genauso, einige Anbieter sagen jedoch: Wir garantieren maximal eine Verfügbarkeit von 99,5 Prozent und der Service soll auch 48 Mal im Jahr ausfallen dürfen. Diesen Anbietern sei gesagt: eine monolithisch im Rechenzentrum installierte Pizza-Box ist vielleicht nicht das, was der Anwender unter einem Cloud-Service versteht. Komischerweise können diese Anbieter aber virtualisierte Server mit deutlich höheren Service-Level-Parametern anbieten. Vielleicht wurde da etwas falsch verstanden und der Begriff Cloud wurde nur geklaut?

Ju kenn schpiek Jörmenn wiss mi!

Zugegeben – dies ist ein Artikel mehr, in dem die Sau namens Deutsche Sprache durchs Dorf getrieben wird. Und damit ergibt sich auch ein weiteres Plädoyer für die nutzhafte Nutzung der Schwestersprache des Englischen, wenn es entsprechende Begriffe in der Sprache gibt, die in Deutschland immerhin die Amtssprache ist. Aber warum ist es überhaupt notwendig, sich zum anderen Male mit diesem Thema zu beschäftigen? Nun, es gibt auch ein Leben außerhalb der elektronischen Datenverarbeitung. Und in kaum einem anderen Zweig des Wirtschaftslebens wird derart abartig die Sprache verhunzt, so dass die Kommunikation mit anderen Menschen schon allein deshalb schwierig werden kann, weil diese entweder Deutsch ODER Englisch sprechen, aber nicht einen furchterregenden Mischmasch aus beidem. Vielleicht abgesehen von den Kollegen aus dem Marketi… nein, Entschuldigung, aus der Reklame. Aber es soll hier nicht auf die Kollegen einer Pseudo-Wissenschaft eingehackt werden. Womit wir schon wieder beim Thema wären: Entschuldigung! Entschuldigung sagt keiner mehr in der Datenverarbeitung, das ist hochgradig uncool. Ein joviales „ey sorry" muss es schon sein. Manchmal muss man gar befürchten, dass diese Phrase die erste große Hürde bei manchen Dienstleistern im EDV-Gewerbe ist, die ein Bewerber auswendig lernen muss.

Da im Sprachschatz des Durchschnittsbürgers nur etwa 3.000 Worte einen Platz finden (und böse Zungen lästern, dass nicht wenige Mitmenschen sogar mit maximal 300 Worten ein gedeihliches Auskommen haben), muss für jedes neue Wort ein anderes weichen, wenn diese Anzahl als natürliche Obergrenze für begrenzt kapazitative Hirne verstanden würde. Dies geht so weit, dass auch nach längerem Nachdenken der Sprecher gar nicht mehr auf das entsprechende Wort in seiner Muttersprache kommt – es ist schlicht und einfach aus dem Hirn gelöscht worden. Bestimmt hat jeder der Leser einmal die Frage gestellt bekommen, ob man sich nicht auf ein Projektende Ende Oktober committen könnte (und ja – nicht einmal mehr die Rechtschreibprüfung von Büro 365 meckert mit einer roten Schlangenlinie unter dem gerade genutzten Unwort und bittet mit diesem stummen Aufschrei um eine Änderung).

Der Einwand, dass wir in einer globalisierten Welt leben und damit Englisch die Sprache der Wahl zu sein hat, mag berechtigt erscheinen – auch wenn in Bereichen, in denen sich Englisch als Sprache der Wahl durchgesetzt hat wie etwa in der Luftfahrt, der Telekommunikation und der Datenverarbeitung, Pionierleistungen von Personen wie Lilienthal, Jatho, Reis oder Zuse erbracht wurden. Aber dann sollte man von den babylonisch handelnden Sprachprotagonisten zumindest erwarten, auch ein perfektes Englisch zu sprechen, zumindest aber mehr als die mühsam auswendig gelernten und fürderhin dahin gebrabbelten Brocken. Weit gefehlt — sie können beides nicht, weder richtig Deutsch noch richtig Englisch.

Der Appell, in Zukunft im Gespräch mit anderen Muttersprachlern, doch wieder auf das Niveau der gemeinsamen Sprache zu kommen, soll aber auch nicht über das Ziel hinausschießen. Es hilft ja auch keinem, beispielsweise die Lindigkeit eines Programmierers zu messen und im nächsten Monatsbericht zu veröffentlichen (im Falle von Nichtwissen: jede gute Suchmaschine wird mindestens eine brauchbare Referenz für das L-Wort präsentieren), sintemal auch deutsche Worte an Altersschwäche sterben. Aber man muss auch nicht gleich die Non Success Rate der Emergency Changes an das Board publishen, wenn eine upgegradete Application mega severe problems bereitet. Obwohl, wenn das ganze gewhitelistet wird, dann werden wohl nur die wenigsten VIPs, die gerade ganz busy sind, aus ihren Meetings gerissen.

Symptomatisch ist auch die Nutzung von Worten, die kein englischer Muttersprachler ohne Einweisungskurs in die deutsche Psyche verstehen wird, die ihren Siegeszug aber nicht stoppen können. Zu nennen wären in dieser Kategorie das unvermeidliche Handy und der unglaublich deutsche Beamer (auch wenn beim Beamer Büro 365 mit roter Linie meckert). Zu verdanken ist dies aber glücklicherweise wohl nicht den Damen und Herren aus der Datenverarbeitung, sondern eher denen aus der Reklame. Alles, was nicht Deutsch klingt, ist gut. Und der Sprecher klingt gleich viel mehr nach Kosmopolit. Oder? Oder!

Mal sehen, ob es nicht der eine oder andere schafft, sich wieder etwas mehr seiner Muttersprache zu erfreuen, statt dumpf vor sich hinbrütend in der nächsten Treffung herumzulungern. Das wäre die beste Gelegenheit, die tief hängenden Früchte abzuernten. Und dies bitte asapst, also noch asaper als asap. Damit im nächsten Meeting die Gesinnungsfreunde in Ruhe chillen können.

Mehr Sein durch Schein

In einem Seminar zur Stilkunde fiel durch die Seminarleitung ein denkwürdiger Satz: „Wer die Regeln kennt und sie beherrscht, der darf sie brechen". An anderer Stelle des gleichen Seminars hieß es dann „Bei allem, was wir tun, müssen wir authentisch bleiben". Zwei schöne Sätze — aber was haben diese beiden Sätze mit IT Management zu tun? Und was mit Status-Symbolen? Zwei Sätze, zwei Fragen. Zur Auflösung der Fragen bedarf es eines kleinen Exkurses in die Geschichte der verteilten Datenverarbeitung.

Vor einigen Jahrzehnten war die EDV weit davon entfernt, als Status-Symbol herhalten zu können. Röhrenbildschirme, die eher gefährlichen Strahlenkanonen glichen und die Text-Inhalte mit grüner Schrift auf schwarzen Grund darstellten, konnten kaum die Massen in den Fluren der Unternehmen begeistern. Gerade anders herum war es — die Einführung modernster Informationstechnik am Arbeitsplatz war eher ein Grund, um Versetzung zu bitten oder den Arbeitgeber zu wechseln. Am ehesten konnte noch ein eigenes Telefon auf dem Schreibtisch den eigenen Status untermauern, aber bitte schon mit Tasten, nicht mehr mit Wählscheibe, und in moosgrün oder tiefrot. Außerdem hatten richtig wichtige Menschen im Vorzimmer eine Fachkraft sitzen, die mit diesem modernen Zeugs umgehen konnte und Gespräche anbahnte oder entgegennahm.

In den achtziger Jahren kam dann die IT als Status-symbol über den Umweg der Kinderzimmer in die privaten Haushalte – aber eher als Statussymbol für den Nachwuchs denn für das Management – dienten die Geräte von Commodore und Atari[6] eher der Befriedigung des Spieltriebs denn der Nutzung als Arbeitsgerät oder Zugangsmöglichkeit zum Inter-net (welches es zwar schon gab, aber ehrlich gesagt außerhalb gut informierter Kreise niemand kannte). Auch eine neue Prozessor-Generation von Motorola (mit deren Hilfe Mitte der Achtziger schon ein Desktop dargestellt wurde, der bei Microsoft mit Windows 95 zehn Jahre später Er-folge feiern sollte) änderte daran zunächst einmal nichts.

---

[6] Die jüngeren unter den Lesern, die mit diesen beiden Markennamen nichts anfangen können, mögen bitte eigenständig Recherche betreiben, eine Abhandlung über heute verschwundene Pio-niere der Unterhaltungs-IT würde den Rahmen sprengen

Der Durchbruch zum Status-Symbol vollzog sich erst Anfang der Neunziger Jahre. Tragbare Computer sahen auf einmal nicht mehr aus wie Reiseschreibmaschinen, sondern näherten sich in Form und Gewicht dem auch heute noch zum Teil gebräuchlichen Formfaktor an. Mit der Einführung vom D-Netz wurde auch die mobile Telefonie einer breiteren Masse zugänglich – auch hier werden sich die Älteren unter den Lesern sicherlich noch an den legendären Motorola-Knochen erinnern – und den Spott, den sich mancher Nutzer über sich ergehen lassen musste, weil er sehr wichtig mit seinem Mobiltelefon in der Kirche während des Weihnachtsgottesdienstes ein Gespräch entgegennahm, um der Welt zu zeigen, wie wichtig er ist. Wenigstens wusste er nun, dass der Braten schon im Ofen war und die Geschenke unter dem Weihnachtsbaum lagen. Stille Nacht, heilige Nacht. Obwohl – wenn man es recht betrachtet, hat sich an dieser Verhaltensweise seit Anfang der Neunziger gar nichts geändert, vielleicht nimmt aber nur noch einer der Familienmitglieder am Gottesdienst teil und twittert die wichtigen Passagen den feierlich zu Hause Gebliebenen.

Und so mutierten über die letzten 20 Jahre zwei mobile Endgeräte der IT zu den Status-Symbolen des neuen Jahrtausends: das Laptop und das Mobiltelefon sowie alle dazwischenliegenden Mutationen und Permutationen aus der Konvergenz beider Geräte, wie immer sie auch heißen mögen.

Und damit wäre der Kreis zu den beiden anfangs gegeben Zitaten geschlossen. Auf der einen Seite müht sich die IT ab, um mit Hilfe von standardisierten Prozessen eine kostengünstige Leistungserbringung einzuführen und beizubehalten. Dies geschieht nicht selten auf Druck von Entscheidungsträgern, die selber unter Kostendruck stehen. Das führt ab und zu einmal zu unpopulären Entscheidungen bei der Auswahl von Endgeräten oder zu nutzender Software. Als Folge finden sich in den Händen der geplagten Anwender dann Endgeräte wieder, welche auf der Wertigkeitsskala einer statusaffinen Vergleichsgruppe eher auf den unteren Rängen rangieren. Das Statussymbol muss sich dann privat erkauft werden, wenn der Arbeitgeber nicht in der Lage ist, seine Mitarbeiter angemessen zu versorgen. Notabene: Nach der gesetzlichen Verankerung des Mindestlohns wäre es ein weiteres lohnendes Projekt für die Große Koalition, Mindeststandards für vom Arbeitgeber bereitgestellte Endgeräte zu verabschieden. Damit würde zum einen die Binnennachfrage angekurbelt und zum anderen würde kein Nutzer mehr aufgrund seines Endgerätes diskriminiert. Sonst entstünde in den heutigen Zeiten mehr und mehr der Eindruck, dass die Nutzer von dienstlich bereitgestellten Telekommunikationsmitteln vorsintflutlich unterwegs sind und der nächste Mob bildet sich dann Sylvester nicht durch Mitbürger mit Migrationshintergrund, sondern durch frustrierte Arbeitnehmer, die sich ihrerseits zusammenrotten, um Flüchtlingen die mitgeführten modernen Telefone abzujagen.

In vielen Fällen verhalten sich die Entscheidungsträger in einer wie vor beschriebenen Situation der Limitierung auch ohne gesetzliche Regelung aufrichtig authentisch. Das Status-Symbol kann, soll und muss der Dienstherr bereitstellen. Mein Auto, mein Smartphone, mein persönlicher Rettungshubschrauber. Von dem schmalen Manager-Gehalt ist der Erwerb eines privaten Status-Symbols faktisch ausgeschlossen. „Wer die Regeln kennt und sie beherrscht, der darf sie brechen" — also her mit den hochwertigen Endgeräten für die verdienten Manager. Extrakosten sind kein Thema. Inkompabilität mit den Systemen, die für das gemeine Fußvolk angeschafft wurden – das darf doch wohl nicht wahr sein, dass die IT schon wieder eine Insellösung implementiert hat! Kein Wunder, dass die Kosten so hoch sind. Fazit ist dann in vielen Fällen, dass eine neuerliche Sparrunde der IT gut tun würde, damit endlich einmal innovative und flexible Lösun-

gen angeschafft werden. Und die eingesparten Kosten können dann auch gleich wieder in neue Status-
Symbole investiert werden.

Beschaffst Du noch oder kaufst Du schon ein?

„Lufthansa Cargo verweigert die Abnahme der ersten Boeing 777F" – so war es Ende Oktober 2013 in den einschlägigen Fachpublikationen zur Luftfahrt zu lesen[7]. Nacharbeiten sind in der Luftfahrt selbst bei Flugzeugen, die im Tagesrhythmus fertiggestellt werden, nicht ungewöhnlich. Ungewöhnlich in diesem Zusammenhang war eher die Aussage des Unternehmenssprechers der Lufthansa Cargo: „Aber wer einen Flieger mit einem Listenpreis von 270 Millionen US-Dollar bestellt, kann auch erwarten, ein erstklassiges und fehlerfreies Produkt zu erhalten[8]". Hieraus könnten drei Leitsätze abgeleitet werden:

1. Falls der Listenpreis unter 270 Millionen US-Dollar liegt, darf der Kunde nicht mehr erwarten, ein erstklassiges und fehlerfreies Produkt zu erhalten.
2. Qualität hat ihren Preis.
3. Produkte mit (relativ) hohen Preisen sollen erstklassig und fehlerfrei sein.

---

[7] http://www.airliners.de/lufthansa-cargo-verweigert-abnahme-der-ersten-boeing-777f/30671
[8] ebenda

Was kann der IT-Einkauf nun von dieser Begebenheit mit der Lufthansa Cargo lernen? Zunächst einmal sollte der erste Leitsatz sofort gestrichen und vergessen werden. Die Zeiten, in denen IT enorme Investitionen darstellten, sind längst vorbei. Nur: Für den IT-Einkäufer muss es trotzdem heißen, dass er natürlich nicht zu Listenpreisen beschaffen sollte. Fehlerhaft sind die komplexen Produkte sowieso und das Beispiel lehrt, dass es selbst in einer standardisierten und auf Exzellenz bedachten Umgebung wie der Luftfahrt Mängel geben kann – unabhängig vom Listenpreis. Die Fehler sind eben da, und je größer der Rabatt auf den Listenpreis, desto erträglicher werden die systemimmanenten Fehler, zumindest aus der Sicht des Finanzvorstands.

Interessanter wird es beim zweiten Leitsatz – und den sollte der IT-Einkäufer tatsächlich beherzigen. Wenn auch nicht der Listenpreis gezahlt wird – der Rabatt ist endlich. Eine Pampelmuse lässt sich nur bis zu einem bestimmten Punkt auspressen. Danach fließt kein Saft mehr – außer der Mensch an der Presse befeuchtet die Pampelmuse. Hier erkennt manchmal der nicht versierte Einkäufer nicht, dass es der Schweiß seiner Anstrengungen ist, der auf die Pampelmuse tropft und so noch genügend Potenzial in der ausgequetschten Zitrusfrucht vorgaukelt. Also wird munter weitergepresst

– mit fatalen Folgen für den Saft, denn der wird nun qualitativ minderwertig, weil versalzen.

Genauso wenig schmeckt das Resultat der IT-Einkaufsaktivitäten so manchem Nutzer im Fachbereich, weil am qualitativen Bedarf vorbei beschafft wurde und zu sehr auf den Preis geachtet wurde. Im Nachhinein kann die Geiz-ist-geil-Mentalität im Einkauf später zu höheren Kosten führen. Leider wird dann allzu oft vergessen, wo die minderwertige Qualität ihren Ursprung genommen hat.

Viel mehr als auf den Preis sollte der IT-Einkauf daher auf ein ausgewogenes Verhältnis aus Qualität und Preis setzen. Deshalb sei in aller Deutlichkeit noch einmal erwähnt: Der Preis ist nicht eines von mehreren Qualitätsmerkmalen, sondern Qualität hat direkten Einfluss auf den Preis. Eine Mignon-Zelle der Eigenmarke aus dem Supermarkt um die Ecke kostet zum Beispiel nur ein Drittel einer Qualitätsbatterie. Dafür darf sie dann auch nur ein Drittel so lange halten. Wenn ein Einkäufer hier bei dem Preisunterschied die gleiche Kapazität erwartet, dann sollte er durch einen Kollegen ersetzt werden, der nicht nur Beschaffer, sondern auch ein richtiger Einkäufer ist.

Wenn also Qualität zu ihrem Preis beschafft wird, dann kommt der dritte Leitsatz ins Spiel. Und dort ist in der Regel das größte Manko in der IT-Welt zu sehen – eine mangelhafte Abnahme des gekauften, qualitativ hochwertigen Produktes. In vielen Fällen existieren entweder keine vernünftigen Abnahmekriterien für die eingekaufte Leistung oder – noch schlimmer – die Verkaufsbedingungen der Gegenpartei werden ohne ein Wimperzucken akzeptiert. Hier kann der IT-Einkauf von der Luftfahrt tatsächlich noch sehr viel lernen.

In der Luftfahrt wird an vielen Stellen mit Checklisten gearbeitet. Diese Checklisten (oder Klarlisten) werden für jedes wichtige Ereignis erstellt – und zwar bevor das Ereignis eintritt oder eintreten kann. Kein Pilot erstellt sich seine Notfall-Checkliste erst in dem Moment, in dem er mit ausgefallenen Triebwerk den Gesetzen der Schwerkraft folgt und in Richtung Erdoberfläche segelt. Genauso wenig werden die Checklisten für die Abnahme des Flugzeugs beim Hersteller erst während der Abnahme erstellt. In allen Fällen sind die Listen aber genau auf den jeweiligen Flugzeugtypen abgestimmt, Bestandteil der Dokumentation und jederzeit dem damit betrauten Personenkreis zugänglich.

Und in der IT? Da fehlt in vielen Fällen sogar in den Verträgen der Punkt zur Verpflichtung einer angemessenen Dokumentation – geschweige denn, dass irgendwo irgendetwas dokumentiert vorliegt. Es muss kein System zum Preis von 270 Millionen

US-Dollar sein. Es reicht schon ein System für einen einstelligen Millionenbetrag, in vielen Fällen sogar darunter, aus, um ein Unternehmen zu ruinieren, wenn es nicht so funktioniert, wie es eigentlich geplant war.

Zu hoffen ist, dass der IT-Einkauf nun wirklich von seinen Kollegen in der Luftfahrt lernt. Der Qualität wäre es auf jeden Fall zuträglich. Und wer nur beschaffen, aber nicht einkaufen möchte, der sollte sich in die Abteilung versetzen lassen, die die Pfennigartikel besorgt. Aber bitte nicht in der Luftfahrt! Dort sind selbst Nieten wichtig – weniger im Einkauf, aber mit Sicherheit am Fluggerät.

Hier wird Ihnen geholfen

Wo sind sie nur geblieben, die guten alten Zeiten? Die Zeiten, in denen der Service Desk noch zentrale Benutzerunterstützung der EDV hieß? In denen der Benutzer, der mit seinem Datensichtgerät ein kleines Problem hatte, nicht erst ein englisches Wörterbuch in die Hand nehmen musste, um beim Help Desk Agent in einem irgendwo auf dem Globus platzierten Call Center, welches als Single Point of Contact (oder kurz SPoC) dient, ein Ticket im First Level Support zu eröffnen? Und eben dieser Help Desk Agent sich dann commitet, im Rahmen seiner Possibiltäten in der Known Error Data Base einen Work Around für den Incident zu finden oder aber den Second Level Support mit der Root Cause Analysis im Rahmen des Problem Managements zu betrauen? Und möglicherweise das Gefühl zu haben, dass der angerufene Mensch am anderen Ende der Leitung die Begriffe auch nur auswendig gelernt hat, ohne zu verstehen, was sich dahinter verbirgt und ohne eine detaillierte Klarliste, die er sklavisch Punkt für Punkt verfolgt („Haben Sie schon einmal überprüft, ob in den Gebäudeteil, in dem Sie sich befinden, der Strom eingeschaltet ist?"), gar nicht in der Lage wäre, mit dem hilfesuchenden Gegenüber über das Thema kommunizieren zu können? Die Zeiten, in denen der um Hilfe angerufene eine

Störung beseitigen konnte, dem Hilfesuchenden Rat erteilen konnte, wenn es sich (wieder einmal) um einen Fehler handelte, der vor dem Gerät entstanden war und nicht in den tiefen Verließen der der Informationsverarbeitung? Und der dann – wenn es gar nicht mehr anders ging – auch einmal sich bequemte, den Olymp zu verlassen, um mit einer Tasse Kaffee beim Kollegen vorbei zu schauen, um gemeinsam über das komische Weltbild der Programmierer zu schimpfen, die es nicht schafften, die real laufenden Prozesse so abzubilden, dass sie auch mit (oder trotz des Einsatzes von) EDV funktionierten?

Um die eingangs gestellte Fragen klar zu beantworten: Sie sind vorbei. Gone with the Wind – nein, natürlich vom Winde verweht. Aber kommen sie wieder, als gute neue Zeiten? Die Frage ist viel schwieriger zu beantworten. Vielleicht. Zumindest viele technische Ansätze erleben eine Wiedergeburt. Es könnte fast der Eindruck entstehen, dass in der Informationstechnologie ein Zeitalter der Renaissance anbricht. Der PC mutiert wieder zurück zum Datensichtgerät, Cloud-Dienste stellen die Mainframe-Architektur des fortgeschrittenen 21. Jahrhunderts dar. In Abwandlung des berühmten Fehleinschätzungs-Zitats von Ken Olsen könnte man heute sagen: „Es gibt keinen Grund, warum jeder einen PC an seinem Arbeitsplatz haben sollte."

Solange es die IT schafft, ihre Applikationen auf andere Art und Weise an die Nutzer zu bringen, spricht auch nichts dagegen, diese zum Beispiel auf handelsüblichen Mobiltelefonen darzustellen. Wenn aber die Leistungserbringung von der Darstellung derart entkoppelt wird, dann hat es auch Auswirkungen auf die Kompetenz-Erfordernisse bei der Nutzerunterstützung.

Grundauslöser für die Inkompatibilität von Nutzern und Nutzerunterstützung ist in vielen Fällen der Kostendruck auf die IT in den vergangenen Jahren, verbunden mit der ersten in den Berufsalltag hineinschwappenden Generation der „Digital Natives". Ersteres führte dazu, dass in vielen Fällen nach finanziell günstigen Alternativen zur lokalen Leistungserbringung gesucht wurde. Klar – in vielen Fällen war die Organisation nicht optimal geregelt, beispielsweise von Einzelpersonen abhängig, ohne klare Strukturen und Prozesse, ohne Möglichkeiten, flexibel auf Änderungen zu reagieren. Oftmals wurde dann jedoch mit der Optimierung das Optimum klar verfehlt, wenn nur noch die Kosten im Fokus standen und die Funktion als zentrales Aushängeschild, der Speerspitze der IT zum Endbenutzer, keinerlei Bedeutung mehr eingeräumt wurde. Vielleicht hat das ja schon mit den Digital Natives zu tun – die kennen und wissen ja sowieso alles und würden niemals beim Service Desk anrufen. Deshalb kann es ja nicht schaden, wenn die Unwissenden (die so genannten DAUs) sich dann in gebrochenem Kirgisisch mit dem immer freundlichen Service-Techniker in Bischkek unterhalten müssen.

Nebenbei gesagt – die Kostenbetrachtung ist fast immer unvollständig. Wer jemals seine (schlechte) Erfahrung mit einem aus welchen Gründen auch immer enttäuschendem Telefonkontakt gemacht hat, wird beim nächsten Problem möglicherweise nicht mehr zum Telefonhörer greifen, sondern erst einmal die Kollegen befragen. Wenn das nicht hilft, wird im Internet recherchiert. Freunde und Verwandte werden befragt. In der Kantine und in den Teeküchen wird über die IT geschimpft. Es werden Umgehungslösungen gefunden und genutzt. Und das alles während der Arbeitszeit. Und alles nur, weil der Service Desk in Zentralasien ein Schnäppchen war.

Doch noch es gibt Hoffnung auf die guten neuen Zeiten. Auch wenn die Hoffnung bekanntlich zuletzt stirbt – in der Renaissance der IT kann sie schnell wiedergeboren werden. Und wenn die Leistungserbringung aus den Rechenzentren dieser Welt so günstig wird wie niemals zuvor, dann können wieder ein paar Euros zusätzlich in einen Service Desk investiert werden, bei dem der Begriff nicht nur der ITIL-Lehre entlehnt ist, sondern Service für Kundendienst steht.

Warum sich Hausmessen nicht mit echten Messen messen können

Früher war die Welt für das IT Management noch in Ordnung. In jedem Jahr gab es maximal zwei Pflichttermine, wenn es darum ging, sich um die Innovationen rund um die IT zu informieren. Im Frühjahr pilgerte alles, was Rang und Namen hatte, nach Hannover zur CeBIT – und das sowohl auf Anbieter- als auch auf Kundenseite. Überteuerte Unterkünfte selbst in 100 km Entfernung, legendäre Standpartys (damals sagte man noch „Fete" dazu), zweimal täglich Verkehrskollaps, niemand konnte sich leisten, nicht zu sehen oder gesehen zu werden. Und für alle, die schon zur Halbzeit des Jahres Entzugserscheinungen hatte, gab es bis 2008 zusätzlich die Systems in München, sozusagen der kleineren Schwester der CeBIT.

Doch irgendwann in der Mitte des ersten Jahrzehnts des neuen Jahrtausends emanzipierten sich auf einmal die Aussteller. Vordergründig wurde vorgeschoben, der gesamte Aufwand wäre zu teuer und würde überhaupt nichts bringen. Oder war der wahre Grund der Futterneid? Die Möglichkeit für den Kunden, an einem Ort zu vergleichen, Vor- und Nachteile innerhalb kürzester Zeit und auf kleinsten Raum gegeneinander abzuwägen? So wurden schließlich eigene Veranstaltungszyklen parallel dazu aufgebaut und dem Kunden als Verbesserung verkauft. Die Vorteile lagen glasklar auf der Hand: Kein Stress in Hannover, exklusive Zugehörigkeit zum erlesenen Kreis der eingeladenen Top-Manager, Treffen in Tagungshotels weitab von der Infrastruktur, aber vor allem: ungestört vom lästigen Wettbewerb.

So wurden die Terminkalender im IT Management schnell gefüllt, denn keiner wollte in diesem Spiel dem anderen nachstehen. Und der IT-Leiter, der keine Einladungen bekam, musste geknickt die mangelnde Wertschätzung als Kunde zur Kenntnis nehmen, der nur eine CeBIT-Freikarte bekam, aber nicht zum Gipfeltreffen der Software-Entwickler des nördlichen Schwarzwalds oder zum Jahrestreffen der Kistenschieber in Südschleswig eingeladen wurde. Schlimmer noch: statt mindestens die Hälfte des Berufsalltags auf diesen superwichtigen, einzigartigen und auch für die Volkswirtschaft absolut notwendigen Spezialtreffen zu verbringen und damit gleichzeitig sowohl top informiert als auch kulinarisch gut verköstigt zu sein, musste der gemeine Management-Außenseiter nicht nur sich der eigentlichen Arbeit widmen und die IT seines Arbeitgebers managen, sondern auch noch das Mittagessen selber zahlen.

Nach dem Besuch zahlreicher Hausmessen stellte sich dann aber der geneigte IT-Manager spätestens beim Blick auf die Waage, die unbestechlich die letzten 10 Kilogramm Kekse, die zwischen Flensburg und Garmisch-Partenkirchen inhaliert wurden, anprangerte die alles entscheidende Frage: Bringt mich der Veranstaltungsmarathon weiter? Oder bin ich nicht etwa von einer Markttransparenz und einem guten Überblick über den Stand der Technik inzwischen meilenweit entfernt? Sollte ich nicht doch lieber auf ein paar kompakte Tage an einem Ort setzen?

Ein Trend ist zwar nicht unmittelbar erkennbar, aber zumindest die Entscheidung bei der CeBIT, sich wieder mehr dem Fachpublikum zu widmen und die „Beutelratten"[9] in die Schranken zu weisen (bzw. für diese gar nicht erst die Schranke zu öffnen). Und auch bei den Anbietern hat es möglicherweise ein Umdenken gegeben, so dass zwischenzeitlich verloren gegangene Schafe inzwischen zur Herde der CeBIT-Aussteller zurückgefunden haben. Keiner wird den strömenden Menschenmassen und der Massenmenschhaltung in Bussen, Bahnen und Hotels der frühen 2000er-Jahre nachtrauern.

---

[9] Meist jugendliche werbegeschenksammelnde Messebesucher

Ebenso wird aber kaum jemand einer Veranstaltung eine Träne nachweinen, auf der nur ein Hersteller oder Dienstleister seine Fähigkeiten anpreist – dies manchmal auch nur mehr schlecht als recht.

Diese Ansicht ist natürlich sehr polarisierend und einseitig – möge also jeder Mensch im IT-Management selber entscheiden, an welchen Messen er sich auch selber messen oder gemessen werden möchte. Auf der einen Seite stehen zwei Weltleitmessen für Informationstechnik (CES und CeBit). Auf der anderen Seite lockt Bielefeld mit einer Hausmesse und weiteren Keksen.

Grüße aus der Vergangenheit

Die Geschichte des IT Managements ist eng verwoben mit der Geschichte von Altsystemen bzw. der ewigen Frage: Was tun mit den veralteten Systemen, vulgo „Legacy-Systeme". Interessanterweise adoptierte man in der Sprachwelt der Informationsverarbeitung hier gleich mit dem englischen Wort „legacy" einen Begriff, der sowohl mit positiven als auch negativen Bedeutungen aufwarten kann. Auf der einen Seite hätten wir das Erbe oder die Hinterlassenschaft, in der Regel eher positiv. Anders als im richtigen Leben, wo der Erbe aber eine „faule" Hinterlassenschaft ausschlagen könnte, ergibt sich diese Möglichkeit für einen neu berufenden CIO eher nicht. Er muss das Erbe seiner Vorgänger annehmen. Damit manifestiert sich eher die dunkle Seite der potenziellen Deutungen, nämlich die der Altlast.

Mit Blick auf die Verbreitung von Legacy-Systemen eröffnet sich gleich ein gigantischer Markt — es gibt eigentlich kein einziges Unternehmen, welches nicht über mindestens ein Legacy-System verfügt — wenn man einmal von den Unternehmen absieht, die vollkommen ohne den Einsatz von IuK-Technologie auskommen. Da aber irgendein System der IT als gebräuchliche Ausrede für Fehler in jedweden

Unternehmensprozessen herhalten muss, ist davon auszugehen, dass dies eine leere Menge sein müsste. Nein, eher das Gegenteil scheint in der Praxis vorherrschend zu sein, es gibt nicht nur ein Legacy-System, sondern gleich mehrere. Zurückkommend auf den ersten Satz dieses Absatzes: wo ein gigantischer Markt besteht, quasi ein Legacy-Paradies, da müsste es auch Marktführer geben, sozusagen einen Volkswagen unter den normalen Altsystemen und einen Porsche unter den rasanteren. Doch welche Enttäuschung – auch eine intensive Marktrecherche bei den größten Software-Herstellern wie Microsoft, Oracle, SAP und Symantec hat ergeben, dass keines dieser Unternehmen Legacy-Systeme im Programm hat noch daran denkt, in naher Zukunft passende Software für diesen riesigen Markt anzukündigen. Überraschenderweise möchte man dort eher die Kunden dafür gewinnen, von Legacy-Systemen auf andere Systeme zu migrieren. Verschließt man hier nicht etwa die Augen vor den Bedürfnissen der Kunden, die ja anscheinend ein sehr großes Verlangen nach Legacy-Systemen haben?

Vielleicht verschafft ein näherer Blick auf die Charakteristik dieser von den globalen Schwergewichten der IT-Industrie so stiefmütterlich behandelten Systeme einen Nutzen. Eine Untersuchung der Unterarten bei den Legacy-Systemen zeigt schon, dass diese tatsächlich in allen Funktionen zu finden sind und dort genutzt werden – angefangen von ERP-Systemen über PLM- und CRM-Systeme bis hin zu produktionsnahen Bereichen wie PPS-Systemen. Viele Unternehmen wissen leider überhaupt nicht, wie weitreichend sich bereits Altsysteme in der Organisation ausgebreitet haben, so dass in vielen Fällen eine detaillierte Überprüfung der Legacy-System-Metastasierung lohnenswert erscheint. Häufig genannte Kriterien für die Klassifizierung eines Gesamtsystems oder einer Applikation als Legacy sind neben einem Betrieb auf einer abgekündigten Plattform (Hardware, Betriebssystem und/oder Datenbank) insbesondere die Programmierung in einer Sprache, die kein Anwendungsentwickler unterhalb des Renteneintrittsalters mehr versteht, mangelhafte oder fehlende Systemdokumentation angefangen von Quellcode bis hin zu den Betriebshandbüchern sowie fehlende Konformität mit gerade gültigem Architekturmodell oder Bebauungsplan für das Unternehmen. Damit fallen dann allerdings fast alle Anwendungssysteme innerhalb eines Unternehmens unter diese Merkmale.

Obwohl die oben genannten Kriterien keineswegs verborgen sind und nur hinter vorgehaltenen Händen unter IT-Leitern in obskuren Geheimbünden einander zugeraunt werden – es findet keine Eradikation von Legacy-Systemen statt. Nein, sie können sich ungehindert vermehren. Sie sind ein fester Bestandteil des täglichen Lebens im IT Management, geradezu geschaffen, um die Augen zu schließen und an die guten alten Zeiten zu denken. Früher war eben alles besser. Auf der anderen Seite sind es ja gerade auch die Systeme, auf die man dann schimpfen kann, wenn etwas nicht funktioniert. Es lässt sich eben nicht ändern. Wann sind Sie denn das letzte Mal zu den Legacy-Systemen hinabgestiegen und haben den Stimmen der Vergangenheit gelauscht?

Wenn die IT Sonderwünsche nicht mehr erfüllt, dann richtet sie das Unternehmen zu Grunde! Oder auch nicht.

„Ach, was muss man oft von bösen
Usern hören oder lesen!
Wie zum Beispiel hier von diesen,
Welche Wicht und Wichtig hießen;

Die, anstatt durch weise Lehren
Sich zum Standard zu bekehren,
Oftmals noch darüber lachten
Und sich heimlich lustig machten. "[10]

Tatsächlich stellen die Nutzer das IT-Management jeden Tag aufs Neue vor schier unlösbaren Herausforderungen, immer mit der drohenden Keule, dass die IT selber die Wichtigkeit gar nicht ermessen könne und sowieso nichts vom richtigen Geschäft des Unternehmens verstehen würde, außer dem Wissen, dieses zu be- oder verhindern. Womit wir bei einer landläufigen Meinung wären, welches das Bild der IT aus den Augen der User und der Kostenstellenverantwortlichen beschreibt: Was kann die

---

[10] In Anlehnung an Busch, W.: Max und Moritz. Berlin 1865

IT eigentlich noch gut – außer immense Kosten zu verursachen?

Während in Teilen die IT sich an die eigene Nase zu fassen hat und diese desaströse Fremdwahrnehmung der eigenen Leistung zu verantworten hat, muss auf der anderen Seite der IT zu Gute gehalten werden, dass die IT sich in den meisten Unternehmen in einem Umfeld bewegt, was schlicht und einfach als „undankbar" umrissen werden kann. Eigentlich kommt keine weitere Abteilung innerhalb eines Unternehmens mit einer derartig großen Grundgesamtheit an (tatsächlichen und gefühlten) Experten in Berührung. Während die Mitarbeiter freimütig zugeben, von Buchhaltung oder von Marketing keine Ahnung zu haben, scheint es ein Stigma zu sein, das Offensichtliche im Kollegenkreis zu offenbaren: „Von IT habe ich keine Ahnung und ich bin froh, dass wir dafür Experten in unserer IT-Abteilung sitzen haben". Nein – das Gegenteil ist der Fall. Mit gesundem Nichtwissen und Meinungen, die man beim Bruder der Kollegin eines Freundes der Nichte des Patenonkels aufzuschnappen gemeint hat, wird gegen die eigenen Kollegen und die IT gesamt gepoltert. Dies führt außerdem dazu, dass sich mancher „einfache" Nutzer selber von Wicht zu Wichtig befördert. Das Bewusstsein, dass die mannigfaltigen Sonderwünsche Aufwand und damit Kosten verursachen, ist stark verkümmert und treibt so manche Stilblüte. Es muss zwar immer die allerneueste Hardware sein und im Zweifelsfall ist das bereits drei Monate alte Laptop Schuld, dass der Nutzer davor auf seine Applikation warten muss – aber auf die Idee, dass die alte Tabellenkalkulation („Meine Makros laufen nicht auf der neuesten Version!") oder die vierte Abwandlung der PDF-Software („Der blöde Standard, den die IT ausgesucht hat, unterstützt nicht farbige Abstimmungsknöpfe am Ende des Dokuments") daran Schuld sind, dass die neue Hard- und Software ausgebremst wird, kommt niemand. Auf der anderen Seite: Zu Hause funktioniert es doch auch! Die Stunden, die solche User vor ihrem Rechner zu Hause verbringen und Freunde und Verwandte damit beschäftigen, das aufzuräumen, was sie selber vorher vermurkst haben, schreibt ja auch keiner auf. In der Firma hat es auf jeden Fall zu funktionieren, wofür werden die IT-ler schließlich bezahlt. Am Rande bemerkt: wenn die IT dann tatsächlich auf den Gedanken kommt, die neueste Hardware und die neueste Software für die Nutzer einzusetzen, dann ist es auch wieder nicht in Ordnung, es fehlt die Schulung oder die Zeit für Schulungen oder man kommt mit den alten, bereits gelernten Handgriffen nicht mehr weiter.

Komischerweise können aber in vielen Unternehmen die wirklich wichtigen Personen mit dem Standard leben. In einer Sammlung von Fakten über DAX-Vorstandsvorsitzende hieß es einmal über einen aus diesem Personenkreis als Besonderheit, dass er als Dienstwagen einen VW Passat von der Stange fahren würde. Der gleiche Herr begnügte sich auch mit Blick auf die IT auf Ware im Standard – und sorgte gleichzeitig dafür, dass seinem Beispiel im Unternehmen gefolgt wurde. Mit diesem guten Beispiel voraus wagte niemand, der tatsächlich wichtig (oder auch weniger wichtig) war, exzessive Sonderwünsche an die IT zu formulieren. Spannende Erkenntnis aus diesem Experiment war, dass das Unternehmen nicht – wie von vielen Auguren hinter vorgehaltener Hand prognostiziert – durch das Nichtbeachten von Sonderwünschen in den Abgrund steuerte, sondern seitens der IT bestens funktionierte.

Damit bleibt mangels Beweis nur noch der Hinweis darauf, dass die IT damit die Service-Wüste Deutschland manifestiert. Aber ist das eigentlich schlecht? Jede Wüste hat ihre speziellen Reize und das Bild der IT als Oase in der Mitte der Wüste, in der die User Erquickung und Ruhe von den Mühen des Tages finden, ist keine Fata Morgana. Zumindest nicht für verständige Nutzer.

Darf es noch eine Lizenz mehr sein? – Weniger Software-Qualität für mehr Geld

Es ist schon sehr erstaunlich, welch rasante Entwicklung der Markt von Anwendungs-Software in den letzten 47 Jahren genommen hat, sicherlich auch bedingt und ermutigt von den fortwährenden Neuentwicklungen im Bereich der Hardware, Gordon Moore lässt grüßen. Aber warum gerade der Betrachtungszeitraum von 47 Jahren? Nun, das ist recht einfach zu erklären, vor etwas über 45 Jahren betrat der erste Mensch den Mond. Die Rechenleistung, die dazu benötigt wurde, steckt heute jeder Hosentasche von Smartphone-Nutzern. Die Software, die auf dieser Hardware lief, war gewiss nicht nach ergonomischen Gesichtspunkten programmiert, aber durch saubere Programmierung, welche die Ressourcen optimal ausnutzte, gelang – im wahrsten Sinne des Wortes! – eine absturzfreie Landung auf dem Mond. Schauen wir einmal auf Software der Smartphones mit der mondlandebefähigter Rechenleistung – diese ist nach manchem Update nicht einmal mehr in der Lage, den Eigentümer morgens zur rechten Zeit zu wecken. Neil Armstrong hätte damit die Mondlandung vermutlich verschlafen…

Aus einem solch kleinen Beispiel lässt sich bösartig gesehen schon einmal ableiten, dass die Qualität von Software im ersten Release-Stand in der Regel dem IT-Management auf der Anwenderseite häufig Kopfschmerzen verursacht, da die Hersteller der Software die späteren Anwender als gigantisches Reservoir an Testern mit einkalkuliert. Der wirtschaftliche Schaden von Tausenden aufgrund des längeren Schlafens verspäteter Smartphone-Nutzer muss ja von den jeweiligen Individuen getragen werden, nicht vom Hersteller. Selbst Schuld, wer nicht für redundante Systeme sorgt – das heißt, lernen von der Mondlandung oder generell von der Luft- und Raumfahrt, welche auf diese Redundanz setzt. Es lebe der gute alte Reisewecker.

Anscheinend setzt sich eine besondere Art von Qualitätsverständnis dann unmittelbar ablesbar in der Dokumentation nieder. Gemeint ist hier eine ganz besondere Dokumentation, der Lizenzvertrag, die herstellerseitig die Qualitätssicherung erhalten, die sich das IT-Management eigentlich für die Software selber wünschen würde. Unter den Verantwortlichen von Lizenzverträgen muss es schon – bevor Hollywood es Oscar-würdig umsetzte – eine Menge von Fans des Musicals „Les Misérables" gegeben haben. Frei nach dem Motto des Wirts Thenardier, der sich über das Preissystem in seinem Gasthof auslässt:

"Charge 'em for the lice, extra for the mice
Two percent for looking in the mirror twice!
Here a little slice, there a little cut
Three percent for sleeping with the window shut
When it comes to fixing prices,
There are a lot of tricks I know
How it all increases, all them bits and pieces
Jesus! It's amazing how it grows!"[11]

langen auch die Bedingungen der Lizenzverträge tief in die Taschen der Nutzer. Böse Zungen behaupten gar, dass die Lizenzverträge in manchen Fällen inzwischen weitaus mehr Seiten haben als die Dokumentation der Software selber. Selbstverständlich ist diese spannende Dokumentation in augenfreundlicher Vierpunkt-Schrift gesetzt.

Dabei ist der Thenardier'sche Ideenreichtum, mit den Lizenzen den Geldfluss Richtung Software-Schmiede kräftig anschwellen zu lassen, schier unbegrenzt. Auf der einen Seite der Skala wird einfach mal in einer virtualisierten Umgebung die gesamte unterliegende Infrastruktur als Bemessungsgrundlage für die Lizenzkosten festgesetzt, denn das Unternehmen könnte ja theoretisch heute hier, morgen dort die Applikation ausführen. Dabei spielt es keine Rolle, was tatsächlich passiert, dem Kunden

---

[11] Boublil, A.: Master of the House, Les Misérables, London 1985

wird einfach per se unterstellt, dass er das theoretische Potenzial auch wirklich praktisch ausnutzt, natürlich zum Schaden des Lieferanten. Auf der anderen Seite der Skala befindet sich die Idee, aus der schon oben angeführten Idee, die Software beim Nutzer zu testen, eine Geldquelle zu generieren. Warum nicht noch die Unternehmen dafür zahlen lassen, dass sie ein Anrecht darauf haben, immer die neueste Version testen zu dürfen? Wenn das IT-Management eine explosive Strategie verfolgt, dann ist es nur folgerichtig, für die Technologieführerschaft neben der hohen Leidensbereitschaft auch signifikante Geldtransfers einzufordern. Damit einher geht dann, die Wartung für ältere, ausgereifte Produkte abzukündigen – denn sonst ließe sich ja kein Geld mit neueren, nicht ausgereiften Produkten zu verdienen… pardon, das dient natürlich nur dem Zweck, dass die Nutzer von den neuesten Funktionalitäten produktiven Gebrauch machen könnten (dank der mangelhaften Dokumentation weiß aber keiner der Nutzer, dass es sie überhaupt gibt).

Zur Ehrenrettung so manches Softwarehauses sei an dieser Stelle erwähnt, dass sich die Unternehmen Gedanken machen, wie der Kunde Geld sparen kann. So wird an mancher Stelle aktiv propagiert, die unterliegende Infrastruktur nutzungsabhängig – also on demand – abrechnen zu lassen.

Die Idee ist wirklich gut – jeder Euro, der nicht mehr für die Infrastruktur ausgegeben werden muss, kann also in neuere, bessere, schönere Versionen der Software investiert werden. Für die Applikationslizenzen selber nebst der zugehörigen Wartungsverträge gilt das nutzungsabhängige Prinzip selbstverständlich nicht. Die Lizenz könnte ja theoretisch doch genutzt werden, aber wir wiederholen uns. Im Übrigen – ganz ohne die Infrastruktur kommen die Software-Entwickler dann doch nicht aus. Seit jeher gilt es doch anscheinend als probates Mittel, schlecht oder schlampig programmierten Code durch mehr und/oder schnellere Hardware auszugleichen, denn die lässt sich besser skalieren. Und mit zusätzlichen Lizenzen zum Betrieb auf der zusätzlichen Hardware lässt sich ja mit dem richtigen Lizenzmodell auch wieder Geld verdienen.

Zu hoffen bleibt, dass andere Lebensbereiche nicht allzu sehr von den Lizenzmanagern lernen. Denn wer möchte beispielsweise gerne aus dem Urlaub kommen, um dann an der Kasse des Parkhauses die Miete von allen 2.000 Parkplätzen des Parkhauses zu zahlen – man hätte sie ja theoretisch alle belegen können!

Brüssel oder Berlin, Hauptsache Italien!

Der IT-Manager steht bekanntlich immer mit einem Bein im Gefängnis, denn Unwissenheit schützt — wie jeder weiß — nicht vor Strafe. Auch dann nicht, wenn Gesetze mit heißer Nadel gestrickt werden, unsinnige Inhalte haben, gar verfassungswidrig sind — eben so lange, bis unserem Gesetzgeber nachgewiesen wurde, dass das Gesetz nicht gut ist. Oder dass es so eben nicht klappt. Aber nicht nur die Gesetze selber lassen das Leben im Datenraum manchmal ungemütlich werden, auch die anderen von der Politik geschaffenen Rahmenbedingungen führen manchmal zu Kopfschütteln und der berechtigten Frage, wann unsere gewählten Politiker und Volksvertreter endlich Neuland unter den Füßen haben. Aber warum ist das so?

Informationstechnologie ist komplex. Menschen mögen sich nicht gerne mit Dingen beschäftigen, die nicht verstehen. Mitreden wollen sie aber schon, auch wenn sie keine Ahnung haben. Außerdem vergessen viele Menschen, dass sie zwar ein Recht haben, ihre Meinung äußern zu dürfen, aber keineswegs dazu verpflichtet sind. Unbestritten dürfte auch sein, dass Politiker an sich wiederum zu der Spezies Menschen gehört, die gern und viel reden. Auch und gerade dann, wenn sie nicht sicher in den Fakten des Themas sind oder überhaupt nichts wissen. Um das festzustellen, braucht man nur am Fernseher auf eine beliebige Talkshow mit Teilnehmern aus dem Lager der Politik zu verfolgen.

Sind Gesetze schon eine komplexe Materie an sich, an der selbst examinierte, promovierte und engagierte Juristen sich reiben und stoßen und immer wieder andere Juristen bitten müssen, den Wortlaut der Texte im Sinne des Gesetzgebers auszulegen, wird dieses nochmals verstärkt im Bereich des IT-Rechts – denn Informationstechnologie an sich ist für die meisten Menschen abseits der Smartphone-Nutzung genauso wie die Rechtswissenschaften ein Buch mit sieben Siegeln. Wenn zwei komplexe Gebilde im vollen Flug aufeinanderprallen, dann gibt es in der Regel keine Komplexitätsreduktion, sondern Chaos, Anarchie, Gemetzel. Und so passiert es, dass letztendlich von der Politik Rahmenbedingungen für das Arbeitsumfeld des IT-Managers geschaffen werden, die an den Bedürfnissen der Realität vorbeigehen. Die Suppe, die in Brüssel oder Berlin bereitet wird, muss in der Regel in Burgdorf oder Bayreuth ausgelöffelt werden. Und in allen anderen Teilen der Republik.

Da schadet es nicht, sich einmal den Volksvertretern im aktuellen Deutschen Bundestag (18. Wahlperiode) zuzuwenden, denn dort sitzen schließlich diejenigen Personen, denen der gemeine IT-Manager die bundeseinheitliche Gesetzgebung, an die er sich zu halten hat, verdankt, egal, ob nun ein wirklichkeitsfremder Beschluss der Brüsseler Eurokraten in nationales Recht umgesetzt werden muss oder sich eine Gruppe von Abgeordneten ein Fleißbienchen verdienen wollte durch den Entwurf einer eigenen Gesetzesvorlage.

Das fatale ist: IT kann jeder. Oder meint es zumindest. Oder man kennt jemanden, der schon einmal einen Computer ausgeschaltet hat. Aber wie steht es nun um den beruflichen Hintergrund und den Erfahrungshorizont der Volksvertreter? Ein Blick auf die aktuelle Zusammensetzung gibt dort Aufschluss[12]. Zumindest ein grundsolides juristisches Fundament ist im Parlament erkennbar – sei es durch Freiberufler, die Rechtsanwalt sein könnten, oder durch Beamte und Angestellte, die in juristischen Berufen zu verorten sind. In der 16. Wahlperiode war der Beruf des Juristen die Nummer Eins

---

[12] http://www.bundestag.de/bundestag/abgeordnete18/mdb_zahlen/berufe/260132

der heiteren Berufshitparade[13]. Doch wer im Bundestag kann IT? Da nähert sich die Aussagekraft der Quellen schon homöopathischen Dosen an. Vielleicht hat ja einer der im Bundestag sitzenden Lehrer Informatik unterrichtet. Oder ein Diplom-Ingenieur ist ein richtiger EDV-Fachmann. Die Liste der Berufe lässt auf jeden Fall befürchten: Auf der Suche nach Fachwissen (und nicht nach Halbwissen) muss in unserem Parlament tief geschürft werden. Aber der Zug nach Neuland ist ja auch gerade erst abgefahren, da wird er irgendwann schon ankommen. Rom wurde auch nicht an einem Tag erbaut – und trotzdem führen alle Wege inzwischen dorthin. Das nennt man dann wohl italienische Verhältnisse. Der Weg ist das Ziel und alle sind mit dabei.

Ein Blick in die Ausschüsse des Bundestages bringt auch nicht viel mehr Licht in das Dickicht – eine Auswahl zu den zum Thema passenden Ausschuss-Vorsitzenden gefällig? Der Ausschuss für Bildung, Forschung und Technologiefolgenabschätzung (zumindest der letzte Begriff hat doch irgendwie etwas mit Neuland zu tun) wird von einer Handelsfachwirtin geleitet (mit Geburtsort in Italien – wie war das weiter oben noch mit den Wegen nach

---

[13] http://de.statista.com/statistik/daten/studie/36615/umfrage/berufe-der-bundestagsabgeordneten-16-wahlperiode/

Rom?), der Ausschuss für Verkehr und digitale Infrastruktur von einem Gewerkschaftssekretär. Es drängt sich die Frage auf, welcher unserer Volksvertreter überhaupt auf die Idee gekommen ist, dass der Transport von Bits und Bytes über die digitalen Datenautobahnen thematisch bestens zur Logistik auf Bundestransportwegen passt. Oder ist es die späte Umsetzung der Idee einer „Geisterfahrt auf der Datenautobahn"[14] aus dem Jahre 1996? Dann bitte schnell Aufspringen auf den Bus, rauf auf die Autobahn und ohne Halt durch bis nach Rom!

---

[14] Stoll, C.: Die Wüste Internet. Geisterfahrt auf der Datenautobahn; Frankfurt/M., 1996

Froh schlägt das Herz im Reisekittel, vorausgesetzt man hat die Mittel

„Die Informationstechnologie, unendliche Weiten. Wir schreiben das Jahr 2016. Dies sind die Abenteuer des IT-Managements, das mit seiner 400 Mann starken Abteilung 5 Jahre unterwegs ist, um fremde Technologien zu erforschen, neue Produkte und neue „Best Practices". Viele Kilometer von dem Büro entfernt dringt die IT in Ortschaften vor, die nie ein Controller zuvor gesehen hat."[15]

Aber warum nur? Die unermüdlichen Forscher und Entwickler in der Informationstechnologie haben ja nun wirklich alle menschenmöglichen Anstrengungen unternommen, damit in der heutigen Zeit von gewerkschaftlich nicht richtig vertretenen Rangierlokomotivführern und am Hungertuch nagenden Flugkapitänen Geschäftsreisen eigentlich die Ausnahme, nicht aber die Regel sein sollten. Schicke Werkzeuge wie Telefonkonferenz-Räume, Videokonferenz-Programme und „Online-Collaboration-Facilities" sind allenthalben vorhanden und werden auch genutzt – zumindest von den Anderen, den Kunden der Informationstechnologie. Der gemeine

---

[15] In Anlehnung an „Raumschiff Enterprise", Intro

Controller beispielsweise nutzt diese preisgünstigen Alternativen zur Geschäftsreise, weil das IT-Management ihm das so dargelegt hat und er an das von den verantwortlichen Personen aufgestellte Geschäftsszenario glaubt. Und richtig – die eingesparten Reisekosten der Belegschaft summieren sich zu so hohen Beträgen, der es dann den Mitarbeitern der EDV-Abteilung erlaubt, ein paar mehr Geschäftsreisen zu unternehmen.

Denn wie sieht es aus auf deutschen Flughäfen und Bahnhöfen sowie in den Zügen und Flugzeugen? Ungefähr 95 Prozent der Reisenden haben ein Knopf im Ohr und brüllen in das unsichtbare Mikrophon Sätze, die nur zwei Schlussfolgerungen zulassen: Entweder ist der Telefonteilnehmer hochgradig gestört oder er arbeitet für oder gegen die Informationstechnologie – wobei sich die beiden beschriebenen Optionen nicht unbedingt ausschließen müssen. Wozu regen sich eigentlich alle über eine imaginäre NSA-Abhöraffäre auf, wenn auf der anderen Seite so bereitwillig Geschäftsgeheimnisse und Klarnamen der Allgemeinheit in öffentlichen Verkehrsmitteln zur Verfügung gestellt werden? Oder anders herum: Warum wird zum Abhören wiederum von der Informationstechnologie ein so riesiger technologischer Aufwand betrieben, wenn in vielen Fällen der Besitz einer Bahncard 100 und eine Investition in die eine oder andere Sitzplatzreservierung ausreichen würde? Die restlichen fünf Prozent der Reisenden fallen unterdessen nicht in die Kategorie der NSA-Spione, sie können mit den Informationen der bereitwillig Auskunft gebenden IT-Manager nichts anfangen, denn es handelt sich um Betriebsräte, Gewerkschafter und Politiker, wobei ja bei letzteren beiden Spezies bekannt ist, dass sie lieber selber reden als zuhören (und wenn es nur dazu dient, dass ehemalige grüne Spitzenpolitiker sich im Zug zwischen Berlin und Hannover selbst präsentieren und Kalauer aus ihrer tollen Karriere erzählen, um sowohl die mitgereiste Praktikantin zu beeindrucken als auch den gesamten restlichen Waggon still zu halten, weil bei der oralen Lärmemission des Politikers kein Telefonat mehr möglich ist).

Woher kommt nun die Geschäftsreiselust im IT-Management? An der oben erwähnten Bereitstellung von notwendigen Werkzeugen kann es nicht liegen, denn die werden zusätzlich zur Dienstreise rege genutzt. Denn damit können zwei Fliegen mit einer Klappe geschlagen werden: unterwegs sein mit dem Weg als Ziel und, um nicht während der Zugfahrt einer ehrlichen Arbeit nachgehen zu müssen, zumindest die eine oder andere Telefonkonferenz (Videokonferenzen in der Bahn sind eher selten, denn die Controller an den Geräten am

Schreibtisch möchten nicht wirklich sehen, wie sich der bahnfahrende IT-Manager beim Telefonat die Fußnägel abknipst, die Erträge aus seiner Nase der Größe nach auf der Tastatur vor sich ordnet oder einfach ein Dosenbier nach dem anderen in sich hineinkippt). Ok, Hand aufs Herz, es gibt anscheinend auch Soziopathen unter den IT-Managern, die sich still vor ihren Computer setzen und die dort anscheinend eine wichtige Arbeit erledigen (Aktennotiz für eine Geschäftsidee: Eine App, die angemeldete Teilnehmer wahllos zu Telefonkonferenzen zusammenschaltet, damit sie nicht einsam und allein und vor allem unwichtig erscheinend arbeiten müssen, sondern sich zu allem möglichen Trends austauschen können, finanziert durch Werbeeinblendungen, mit Protokoll-Service, damit auch ein konformer Arbeitsnachweis für das Controlling vorliegt). Also zum letzten Mal, wieso sind IT-Manager dauernd auf Achse?

Auf der einen Seite liegt es daran, dass die IT zwar Werkzeuge bereitgestellt hat, die eine Geschäftsreise überflüssig machen, aber hat es versäumt, den Flair der großen weiten Welt auf die Bildschirme der Anwender zu bringen. Jetzt könnten zwar mit der automatisierten Software-Verteilung sofort Flugzeug- und Loksimulatoren an alle Nutzer verteilt werden, aber das ist ja nicht richtig, nur eine Minderheit aus dem IT-Management verfügt über eine gültige Pilotenlizenz oder einen Lok-Führerschein. Wichtig ist doch das authentische Erlebnis, es bräuchte also Passagiervarianten für die Simulatoren, inklusive der nervigen Mitreisenden, die einem dauernd auf den eigenen Bildschirm starren, den Kampf um die Armlehnen nachstellen und vielleicht am allerwichtigsten: es bräuchte einen eingebauten Bringdienst-Knopf, nach dessen Auslösung eine trübe, braune, übelschmeckende Brühe an den Platz gebracht wird, der in den Bahnen ansonsten als Filterkaffee verkauft wird. Zusätzlich bräuchte es noch virtuelle Grenzübergänge, die einen eine gehörige Portion an Arbeitszeit stehlen, weil im Vorhof des Übergangs nicht telefoniert werden darf und man entweder in einer langen Schlange vor dem einzigen für Ausländer zugelassenen Grenzhäuschen steht (an jeder Auslandsgrenze außerhalb der EU) oder aber in einer langen Schlange vor den EU-Grenzhäuschen an einem deutschen Flughafen steht, weil alle Schalter durch Nicht-EU-Bürger blockiert werden, die nur eine karlukische Sprache sprechen und auch nicht zu den Grenzhäuschen mit dem Vermerk „Alle Pässe" geschickt werden, weil sich der Bundespolizist danach höchstwahrscheinlich wegen Ausländerfeindlichkeit vor der Bild-Zeitung verantworten muss, weil zufällig der ehemalige grüne Spitzenpolitiker nebenan am Diplomatenpass-Schalter steht

und die Ungerechtigkeit mitbekommen hat. Nein —
so etwas zu simulieren, würde das IT-Budget sprengen, zumindest im Jahr 2016. Und deshalb geht das
IT-Management dann doch lieber auf Geschäftsreise. Budget genug ist ja vorhanden, wenn sich alle
anderen der von der IT bereitgestellten Werkzeuge
bedienen.

Unsocial Media – Der Mob von heute ist digital

Am Anfang ist es wie immer: wer hat alle Trends verschlafen? Das ist natürlich eine selbsterfüllende Prophezeiung. Was darf man im Unternehmen denn auch vom Dinosaurier erwarten, vom HSV unter den Abteilungen? Man kann ja nicht ehrlich erwarten, dass die Herren, die sich seit Jahrzehnten als Träger von Rauschebärten, Cordhosen und Birkenstock-Sandalen in ihren Höhlen sämtlichen Avancen der Evolution beharrlich widersetzen, irgendetwas von den modernen Geschäftserfordernissen der Gegenwart verstehen. Social Media? Nie gehört, natürlich nicht. Die besagte Spezies ist ja auch eher darauf bedacht, die elektronische Datenverarbeitung vom „bösen" Internet abzuschotten. Insofern brauchen Sicherheitslücken auch gar nicht gestopft zu werden, denn der Hacker von heute kennt kein VMS mehr und z/OS zu erlernen, da zu fehlt die Zeit, die Muße und der Wille. Unbegreiflich also, dass ein Unternehmen auf Facebook, Twitter und Co. präsent sein muss, auch wenn hier weder unternehmerischer Mehrwert noch Umsatz generiert wird. Aber nein, das *„writeln('Hello, world!');"* von heute ist mindestens als Twitter-

Konto anzulegen. Doch kann das mit den Urzeitgesteinen realisiert werden, die Facebook für eine neue Anti-Pickel-Creme halten? Nein, diese Frage wird in keinem Unternehmen ernsthaft gestellt.

Da die eigenen Kollegen also denkbar ungeeignet sind (quod erat demonstrandum), die – auch ohne interne IT meist gar nicht vorhandene – Social Media Strategie im Unternehmen zu definieren, geschweige denn umzusetzen, werden externe Profis verpflichtet, das Unternehmen im 21. Jahrhundert ankommen zu lassen. Dabei scheint es, dass hierbei ebenfalls Spezialisten der Informationstechnologie außen vor gelassen werden. Das ist nur logisch, denn wenn im eigenen Unternehmen die IT bei Zukunftsthemen versagt, dann bestimmt auch bei anderen Unternehmen, und dazu zählen schließlich auch IT-Dienstleister und IT-Beratungen. Mit Bezug auf Social Media verschiebt sich der Fokus der Expertise, auf einmal sind es Werbe- und PR-Agenturen mit ihren kompetenten und den Scheitel korrekt gegelten Mitarbeitern, welche an vorderster Technologie-Front das Sagen haben. Apropos Front: schnelle Umsetzung, schnelle Erfolge, nur wer schnell ist, gewinnt. Die Dinosaurier mit ihren Sicherheitsbedenken wollen ja nur verhindern und die schöne neue Welt gar nicht wahrhaben. Und so liegt auch die weitere Betreuung der Systeme in der Hand der neuen, der wahren IT: der glorreichen Ritter der sozialen Medien.

Doch irgendwann kommt es zum Eklat. Nicht innerhalb des Unternehmens, sondern mit der Masse der Nutzer draußen in den unendlichen Weiten von Raum und Zeit. Der „Shitstorm" ist das reinigende Gewitter der digitalen Welt. Dabei bedarf es keiner modernen Propheten, um dies vorauszusagen. Eigentlich würde es sich eher empfehlen, das Berufsbild eines Social Media Meteorologen oder eines Internet-Seismologen zu schaffen. Die Genauigkeit der Prognosen der Kollegen aus der „echten" Welt wird vermutlich locker erreicht werden, denn die Reaktionen sind zum Großen selbst für Laien glasklar vorhersehbar. Das Unwetter zieht am Horizont auf, entlädt sich einige Tage lang und verschwindet dann wieder, als hätte es nie einen Grund zur Aufgeregtheit gegeben.

Kern des Problems ist immer dieser bestimmte Grund der Aufgeregtheit – und der ist in der Regel Null und Nichtig, also nichts, was eine Aufregung lohnt. Die Liste ist lang: ein lockerer Spruch (merke: nur HRH Prince Philip, Duke of Edinburgh, hat im 21. Jahrhundert noch das Recht, politisch unkorrekte Aussagen zu treffen, mit seinem Ableben gibt es dann kein Lebewesen mehr, welches dies ungestraft machen darf), ein aus dem Zusammenhang gerissenes Zitat, ein Werbespruch der Marketing-Fritzen usw. Eigentlich ist jeder Anlass gut genug. Ist eine Shitstorm-geeignete Sentenz erst einmal in den sozialen Medien dokumentiert, dann gibt es kein Zurück mehr, auch wenn es manchmal Monate oder gar Jahre dauert, bis der Stein des Anstoßes einem Internet-Troll im Weg liegt und er sein kleines Hirn oder den vom Volumen mächtigeren großen Zeh daran stößt. Froh darüber, dass das langweilige Leben zumindest für ein paar Stunden aufregend wird, wird der Aufreger über alle Kanäle geschossen und der gelangweilte Internet-Mob greift dankbar das Thema auf, aus der Lethargie gerissen und dann geht es los, Knüppel aus dem Sack. Manchmal werden dann üble Erinnerungen an die Dreißigerjahre des letzten Jahrhunderts wach – nur das die Pöbel sich inzwischen selbst organisieren (und sich demokratisch nennen) und nicht mehr von Demagogen gesteuert werden. Und damit den sozialen Charakter (oder woher stammt sonst das Präfix „social") ad absurdum führen? Andere Meinungen werden gar nicht erst toleriert, sondern einfach nur niedergeschrie(b)en. Alle jenen möchte man Pestalozzi entgegenbringen: „Ihr werdet die Schwachen nicht stärken, wenn Ihr die Starken schwächt". Aber das ginge im digitalen Geschrei unter. Das Schöne aber am Sturm ist im realen Leben wie in der digitalen Welt: Nach jedem Sturm scheint wieder die Sonne. Es gibt jedoch einen entscheidenden Unterschied: Während im realen Leben keiner wegen eines Sturms zurücktreten muss oder ein Schuldiger am Sturm gesucht wird, ist es beim Shitstorm anders: auch wenn absolut unnötig, muss ein Kopf rollen, muss jemand bestraft werden. Warum? Weil außer der IT keiner die Gesetze in der virtuellen Welt zu verstehen scheint.

Und am Ende ist es wie immer: Wen trifft die Schuld? Natürlich, die IT. Sie ist still geblieben und hat nicht gewarnt vor der bösen wilden Welt dort im Internet. Sie hat eigentlich überhaupt nichts getan. Sie hat sogar die Deppen aus dem Marketing mit ihren Social Media Umtrieben gewähren lassen und ist nicht eingeschritten. Und das ist abgrundtief böse und schlecht von ihr. Also entlädt sich ein weiter Shitstorm – und Ziel ist die IT.

Bleibt zum Abschluss nur eine einzige winzige Frage: Wird diese Kolumne einen Shitstorm auslösen? Die Antwort lautet: natürlich nicht. Denn der gemeine Internet-Pöbel hat diese Kolumne entweder nicht gelesen oder nicht verstanden. Ende gut, alles gut.

Sollte sich die IT mehr unter das Volk(s) wagen?

Da haben wir wieder einmal den Salat. Deutschland größtes, bestes und fortschrittlichstes Unternehmen wankt, produziert Negativ-Schlagzeilen, es rollen an einem Tag mehr Köpfe im Management als selbst der IS in Syrien fähig wäre vom Körper zu trennen und wer ist einmal wieder der Übeltäter? Die Informationstechnologie, namentlich die Software-Entwickler. Soweit also keine Neuigkeiten im täglichen Dschungel des IT-Managements. Neu ist diesmal aber, dass nicht – wie sonst üblich – über Microsoft, SAP und ihresgleichen hergezogen wird, ja nicht einmal die klassische Datenverarbeitung an sich ist in den Fokus des weltweiten Hasses der Umweltdschihadisten, sondern die für manchen absonderliche Form der Produkt-IT, also jener Spielart der Informationstechnologie, die mit dem realen Produkt zusammen untrennbar ausgeliefert wird (und der man als Kunde folglich ausgeliefert ist).

Nun ist das Verhältnis in vielen Unternehmen zwischen der klassischen IT und der Produkt-IT nicht unbedingt das Beste. In der Wahrnehmung nicht weniger Mitarbeiter fängt Hochtechnologie erst an den äußeren Grenzen der Unternehmens-IT an –

also in der Produkt- oder Prozess-IT. In diesen elitären Zirkel hat der gemeine IT-Manager keinen Zutritt. Zum Glück! – wird jetzt im Zuge der Beleuchtung der dunklen Seite der Macht bei Europas fortschrittlichstem Autobauer ebendieser IT-Manager denken. Vielleicht ist es jetzt auch an der Zeit, in anderen innovativen Unternehmen die Verteidigungslinien der klassischen IT zu befestigen oder neu zu definieren, denn keiner weiß, ob nur die Spitze des Eisbergs gesehen wird oder ob es sich bei den Enthüllungen nur um ein Leuchtturm-Projekt handelt. Daher sollte aus reiner Vorsicht die klassische IT Ausrufezeichen setzen und – so vorhanden – den Schengen-Raum der Informationstechnologie verlassen. Die klassische IT wird ja gerne als phlegmatisch und lernresistent beschrieben. Hier besteht nun einmal die Chance, Sympathie-Punkte sowie Herzchen, Sternchen und „Likes" einzustreichen, indem in den ungesunden Aktionismus der Allgemeinheit eingestimmt wird – und es den langhaarigen Bombenlegern von Software-Entwicklern in der Produkt-IT endlich mal etwas für ihre Hochnäsigkeit heimzuzahlen.

Doch bekanntlich haben alle schlechten Neuigkeiten auch ihre guten Seiten. Es erschließt sich ein gewaltiges Potenzial für die klassische IT, aus den Vorkommnissen in der Produkt-IT zu lernen – auch wenn die Empörung von angeblich Millionen von betrogenen Kunden sehr aufgebauscht erscheint. Wie viele der betroffenen zwölf Millionen Kunden haben beim Autokauf als erste bis zwanzigste Präferenz den vom Hersteller angegebenen Stickoxyd-Ausstoß als Entscheidungskriterium angegeben? Nun, ex post und der Erwartung von Entschädigungen vermutlich alle zwölf Millionen. Und ex ante? Es sollte verwundern, wenn überhaupt eine Handvoll zusammenkäme. Bleibt vermutlich nur der Gesetzgeber, der sich betrogen fühlen kann. Aber die Software-Entwickler haben ja genau die Vorgaben des Gesetzgebers analysiert und es ist wohl unbestritten, dass sie auf dem Prüfstand auch eingehalten werden. Und genau hier liegt das Lern-Potenzial für die klassische IT: Sie sollte die Anforderungen ihrer eigenen Gesetzgeber (sprich: der Fachabteilungen) genau kennen und genau diese auch umsetzen. Sprich: wenn sich ein IT-System genauso verhält, wie es sich in der Abnahme beim Test verhalten soll, dann ist doch alles in Ordnung. Und genau das gilt es, herauszustellen. Die IT kennt die Testkriterien und sorgt dafür, dass beispielsweise die Transaktionen, die getestet werden, besonders gut und schnell funktionieren. Das spart Entwicklungsaufwand und es kann immer darauf verwiesen werden, dass das System doch bei den Abnahmetests wunderbar bestanden hat. Eng verbunden mit dem Vorstehenden ist die Möglichkeit, endlich einmal den Mut zu haben, nicht für alles den Kopf hinzuhalten. Wenn von den Fachabteilugen – wie vom Gesetzgeber vorgemacht – die Anforderungen unklar, realitätsfremd oder einfach nur unzureichend definiert werden, dann sollte einmal darauf hingewiesen werden, dass selbst das IT-Management unausgesprochene Gedanken an Anforderungen nicht befolgen kann, wenn diese in geheimen Gehirnwindungen verborgen bleiben und erst später zum Zweck des Meckerns ausgepackt werden.

Ein weiterer Aspekt, die aktuelle Krise in der Produkt-IT zu nutzen, ist die Möglichkeit, auf den Zug der Möglichkeiten aufzuspringen. Positives Marketing ist das Zeichen der Zeit. Anscheinend haben die Software-Entwickler etwas geschafft, woran konventionelle Ingenieure gescheitert sind. Wenn also durch den IT-Einsatz ein positiver Mehrwert geschaffen werden kann, dann ist das eine Botschaft, die mit Schwung ins Unternehmen gebracht werden kann. Die klassische IT sollte nun schauen, in welchen Bereichen es bislang besonders hapert und kann hier unter Umständen schnell und unbürokratisch bei der Lösungsfindung mithelfen. Denkbare Projekte wären zum Beispiel die Übernahme der Haustechnik mit dem Ziel, zur Mittagszeit und zu Feierabend eine Vorrangschaltung für die Fahrstuhlnutzung für diejenigen Mitarbeiter, die der IT wohlgesonnen sind, zu implementieren oder aber eine Optimierung der Speiseplan-Software der Kantine, die es unmöglich macht, Sellerie-Schnitzel anzubieten, dafür aber immer die Currywurst einplant. Dann wird die Wertschätzung der klassischen IT rapide steigen, mache da die Produkt-IT, was sie wolle. Denn: „Es gibt nichts Gutes außer: Man tut es."[16]

---

[16] Kästner, E.: Moral.

Über den Autor

Christoph Lüder arbeitet als Senior Project Manager (früher hätte es wohl „alternder Projektbegleiter" geheißen) bei einer Berliner IT-Management-Beratung und durchlebt in seinem Beruf tagtäglich Situationen wie in diesem Buch geschildert.

Er studierte von 1992 bis 1997 Wirtschafts- und Rechtswissenschaften an der Universität Hannover mit den Schwerpunkten Betriebswirtschaftliche Steuerlehre, Wirtschaftsprüfung sowie Handels-, Gesellschafts- und Arbeitsrecht. Auf den Rat seines Professors für Wirtschaftsprüfung nahm er ein weiteres Vertiefungsfach, „eines, das Ihnen als Studenten auch Spaß macht", hinzu: Wirtschaftsinformatik. Nach einem ernüchternden Praktikum im Controlling eines PC-Herstellers beschloss er, bei dem Spaß-Vertiefungsfach zu bleiben.

Nach Abschluss des Studiums war er zunächst Wissenschaftlicher Mitarbeiter am Institut für Wirtschaftsinformatik und danach IT-Manager in der Forschung und Entwicklung eines DAX-Unternehmens, bevor er in dessen Hauptverwaltung wechselte, um dort unternehmensweit die Dienstleister steuern zu dürfen – ein unschätzbarer Erfahrungsschatz, den er vor über zehn Jahren mit in die Beratung nahm.

Inhaltsverzeichnis

Vorwort..7

Neues aus EDVaudistan 11

Zweimal drei macht vier 15

Jedem Anfang wohnt ein Ende inne 21

Zwischen Lethargie und Phlegma – Aktives
Management real existierender Vertragsbeziehungen
.... 26

Virtueller Service für physische Sachleister............... 30

Ju kenn schpiek Jörmenn wiss mi!............................ 36

Mehr Sein durch Schein.. 40

Beschaffst Du noch oder kaufst Du schon ein? 46

Hier wird Ihnen geholfen.. 51

Warum sich Hausmessen nicht mit echten Messen
messen können.. 56

Grüße aus der Vergangenheit 60

Wenn die IT Sonderwünsche nicht mehr erfüllt, dann
richtet sie das Unternehmen zu Grunde! Oder auch
nicht... 64

Darf es noch eine Lizenz mehr sein? – Weniger
Software-Qualität für mehr Geld................................ 68

Brüssel oder Berlin, Hauptsache Italien! 73

Froh schlägt das Herz im Reisekittel, vorausgesetzt
man hat die Mittel... 78

Unsocial Media – Der Mob von heute ist digital.........84

Sollte sich die IT mehr unter das Volk(s) wagen? 89

Über den Autor 94